ÊTRE
UN HÉROS

PARU PRÉCÉDEMMENT

Premières amours

Les éditions de la courte échelle, 2008.

Directrice de projet : Geneviève Thibault
info@courteechelle.com

ÊTRE UN HÉROS

Des histoires de gars

Deni Y. Béchard
Simon Boulerice
Guillaume Corbeil
Eric Dupont
Stéphane Lafleur
Nicolas Langelier
Bertrand Laverdure
Tristan Malavoy-Racine
Éric McComber

Illustrations de
Joël Vaudreuil

LA LANGUE DE MON PÈRE

Deni Y. Béchard

Mon père était le seul de ma famille avec qui je pouvais parler français — s'il acceptait, car parfois il me disait qu'il n'était plus francophone, plus québécois. Ces fois-là, il me répondait en anglais.

Enfant, j'ai connu une vie pleine de contradictions, un monde presque à l'envers. Mon père dénigrait le Québec. Ma mère américaine détestait les États-Unis et était partie en Colombie-Britannique parce qu'elle condamnait la guerre du Vietnam. Elle qui n'arrivait pas à se débrouiller en français cultivait néanmoins une notion romantique de cette langue et m'avait inscrit, contre le gré de mon père, dans une école qui venait d'instaurer un programme d'immersion.

Mon frère aîné, lui, n'avait pas eu la même chance. Il ne savait que quelques mots en français et les prononçait très mal. Nous avons connu un phénomène étrange au terrain de jeu, chacun appartenant à son groupe linguistique distinct, comme si nous avions grandi dans une ville balkanisée. Ses amis se comportaient trop bien selon moi. Sa meilleure copine, Elizabeth, l'invitait à de grandes fêtes chez elle, où les enfants faisaient le tour du gazon bien soigné assis dans un train électrique. En comparaison, mes amis me semblaient être des voyous : nous discutions des dangers du monde — les grands requins blancs et les anguilles électriques —, et nous comparions nos cicatrices en exagérant les circonstances de nos blessures. Ceux qui parmi nous faisaient figure de vedettes étaient ceux qui avaient passé quelques années à Montréal. Ils nous montraient comment sacrer, et aussitôt que nous avions appris une nouvelle insulte, nous partions en courant vers les enfants des classes anglaises la leur hurler au visage.

À la maison, je lisais *Tintin* et Jules Verne, et j'écrivais des histoires fantastiques en français. De temps en temps, mon père acceptait de m'aider. Dans ces moments-là, il me paraissait désorienté, comme s'il venait d'admettre qu'il avait menti. Son regard devenait distant, et quand il recommençait à parler en anglais, nous étions tous les deux soulagés.

En anglais, il était drôle. Il inventait des expressions, comme les mafiosi dans les films. Il ne tenait pas la langue pour acquise, il jouait avec les mots. Quand il racontait l'histoire d'une bagarre à laquelle il avait pris part dans sa jeunesse, il s'exprimait par assonances, les mots transformés, remodelés en onomatopées. C'était une autre contradiction, ce désir que j'avais d'imiter sa façon de parler, ses jeux de mots, ses erreurs intentionnelles qui rendaient l'anglais drôle et magique. Mon père m'enseignait des jurons anglais et les utilisait bien mieux que n'importe quel anglophone.

Souvent, le soir, pendant que je lisais un roman ou gribouillais une nouvelle, il s'obstinait au téléphone avec un client; il serrait le combiné dans sa main et il criait: « Tu me prends pour un idiot? » Son travail était de revendre tout ce qu'il achetait — saumons des Amérindiens, feux d'artifice des Chinois, sapins de Noël des Américains —, et il me disait souvent que les hommes avec qui il faisait affaire étaient tous croches. En leur parlant, il épuisait le lexique anglais, enchaînait les sacres, un après l'autre. Il se laissait parfois emporter par cette musique cruelle et irrésistible, et moi, j'avais terriblement hâte de détester quelqu'un autant que lui pouvait les détester.

Quand j'ai eu dix ans, le monde a encore une fois été mis à l'envers, comme si la vie désordonnée que mes parents avaient semée avait finalement produit son fruit. Après des années de conflits entre eux, ma mère nous a fait monter dans sa fourgonnette pendant que mon père travaillait, et nous nous sommes enfuis aux États-Unis, en Virginie.

Cinq ans se sont écoulés avant que je ne le revoie.

Pendant ces années durant lesquelles mon frère et moi n'avions pas le droit de l'appeler, durant lesquelles il ne pouvait envoyer ses lettres et ses colis qu'à une boîte postale dans une autre ville que celle où nous habitions, mon père s'est transformé dans mes souvenirs. Non seulement je voulais parler comme lui, sacrer comme lui, mais je voulais aussi être, comme lui, un grand voyageur, un bagarreur insatiable. Ma mère craignait que je ne suive ses traces, et quand elle me le disait, c'était à la fois châtiment et louange, car je savais que mon père l'avait beaucoup fait souffrir avec ses colères et ses insultes et, en même temps, je voulais tant lui ressembler. Le soir, dans mon lit, j'essayais de reconstituer l'image de mon père qui devenait floue dans ma mémoire.

Un jour, j'ai compris qu'il y avait un secret terrible au sujet de mon père, une raison pour laquelle il avait rompu avec sa famille au Québec — quelques paroles qui avaient peut-être été chuchotées la nuit entre ma mère et ma tante. Ou bien la peur de ma mère était trop grande. Je commençais à poser des questions. Enfin, ma mère m'a expliqué que mon père avait été un criminel.

« C'est un homme violent, un braqueur de banque, un voleur. » Elle se retenait, et dans ses silences, il y avait toutes les histoires et tous les secrets que je voulais entendre.

Pour moi, quelle merveille ! Un voleur de banque m'avait engendré. C'était un peu comme si on m'avait dit que j'étais le fils d'un ancien dieu guerrier. J'étais alors fasciné par les figures de la Grèce antique, et le silence de mon père, absent depuis déjà quatre ans, avait été comblé par une petite mythologie personnelle.

Une nouvelle période s'ouvrait, que j'allais marquer de mes propres crimes, fils cherchant son père en lui-même. À deux occasions, je suis entré par effraction dans des maisons, j'y ai commis des vols.

J'étais devenu le chef d'un gang d'imbéciles, aspirants motards. Nous avons volé deux motos, nous avons brisé des vitres d'auto pour rafler ce qu'il y avait à l'intérieur. Je me foutais de ce que nous trouvions, les autres gardaient tout. Je ne volais que pour l'aventure, et à travers chaque petit crime, chaque bagarre et chaque œil au beurre noir, je me rapprochais de mon inévitable et héroïque destin. Les plus courageux, selon moi, étaient ceux qui refusaient les lois d'une société faible et conformiste. Nous allions vers l'inconnu, l'intensité.

À quinze ans, j'ai décidé que mon père et moi devions être réunis. Je nous imaginais comme deux criminels filant sur l'autoroute après un vol, les fenêtres grandes ouvertes, le vent dans les cheveux. Il y avait des femmes dans ces histoires, des sacs d'argent, des tirs dans la nuit, rien de la vie de pauvreté que j'avais connue aux États. Dans ces fantasmes, il y avait des traces des romans que j'avais toujours lus de façon obsessive — ces romans que je continuais à lire même durant les pires années de ma délinquance.

En cachette, j'ai appelé mon père pour lui demander de m'envoyer un billet d'avion. Il était d'accord pour que je revienne. Nous avons décidé que j'allais présenter la situation à ma mère ainsi : soit elle me laissait partir, soit je m'enfuyais.

Plus tard cette même journée, elle m'a écouté sans rien dire. Enfin, elle s'est éclairci la voix :

— Si tu es décidé, je ne t'en empêcherai pas. Mais fais attention. Ton père se sert des gens pour arriver à ses propres fins. À ses yeux, si tu retournes vivre avec lui, ce n'est pas pour toi, c'est pour lui.

Je l'ai ignorée. Rien n'allait empêcher mon départ. J'ai dit au revoir à mes amis, et ma mère m'a conduit à l'aéroport. Ses yeux étaient rouges, mais elle ne pleurait pas.

À Vancouver, nos retrouvailles m'ont paru un peu froides. Un homme de taille moyenne m'a regardé de ses yeux foncés, comme si j'étais un étranger. Il s'est approché en disant mon nom, puis il m'a serré la main.

Je tremblais d'impatience. On allait fêter mon retour ! C'est ce à quoi je m'attendais. Des confidences au bar : histoires remplies d'alcool, de bagarres, de femmes, suivies par une nuit remplie d'alcool, de bagarres et de femmes. Comme j'avais hâte !

Mais non. Mon père m'a traîné avec lui pendant qu'il faisait ses courses. Il devait recevoir une livraison de saumons bientôt.

— Je sais que tu viens d'arriver, mais je ne peux pas mettre ma vie à l'envers pour toi, m'a-t-il dit.

Les jours ont défilé ainsi. Le commerce principal de mon père était la vente illégale de saumons qu'il achetait aux Amérindiens, et nous ne nous comportions pas en braqueurs de banque, mais plutôt en poissonniers croches. Il n'avait rien d'un grand criminel et n'était pas si différent de son propre père, un pêcheur gaspésien qu'il n'avait pas vu depuis trente ans. À mes yeux, il manquait d'ambition.

Les conflits que j'avais imaginé avec les policiers étaient remplacés par un conflit entre lui et moi. Il trouvait que je lisais trop. Les romans qui avaient inspiré mon retour lui tapaient sur les nerfs. Il ne voyait guère en moi la quintessence de la criminalité, ce que j'étais certain de représenter même si je lisais quelques livres chaque semaine. Il me voyait plutôt comme un garçon impoli qui sortait son roman de sa poche n'importe quand et qui se mettait à lire dès qu'il s'ennuyait, même au beau milieu d'une conversation, s'il la trouvait monotone. Je disparaissais. On ne peut être rebelle que contre ceux qui n'acceptent pas qui l'on est — or jusque-là, puisque ma mère admirait mon intérêt pour la littérature, cette passion n'avait jamais été menacée.

Un soir, je lui ai demandé de me raconter ses histoires de vols. Il est entré dans une colère noire contre ma mère, la seule ayant pu me confier cela. Mais quand il a compris à quel point j'admirais son passé, à quelles histoires j'ai alors eu droit ! C'était une véritable épopée : son départ de la Gaspésie, son travail dans les mines, sur les chantiers, comme bûcheron, pour ensuite devenir voleur à Montréal, braqueur de banque dans le Nevada et en Californie… Il en avait braqué plus de cinquante et autant de bijouteries. Ensuite, sept ans en prison se sont écoulés avant qu'il ne rencontre ma mère. Quel dommage que sa période de grands vols fût si loin dans le passé !

Soudainement, mon père s'est arrêté de parler. Il a hésité avant d'évoquer le soir où il avait battu un homme avec une batte de baseball.

— Les battes de baseball, ça coupe la peau, m'a-t-il confié. Il y avait du sang partout, sur ma chemise, sur mes jeans. Ça s'est passé dans un stationnement, et ensuite je suis allé au motel pour me changer. Puis j'ai appelé la police d'un téléphone public pour dire que j'avais trouvé un homme qui avait été battu. Le stationnement était sombre et assez bien caché, et je ne voulais pas que ce con crève.

— Il n'est pas mort ? ai-je demandé.

— Mort ? Non. Je ne pense pas. Ce qui est certain, c'est qu'il ne deviendrait jamais un danseur.

— Mais il aurait pu mourir ?

— Je ne pense pas.

— As-tu vérifié ?

Mon père a haussé les épaules.

— Est-ce que ça t'est arrivé d'avoir à tuer quelqu'un? ai-je insisté.

Il m'a regardé comme de très loin.

— Une fois, quelqu'un m'a offert une job. Des hommes allaient me payer pour ça, mais j'ai refusé.

— Pourquoi?

— Je ne sais pas. Peut-être que je ne voulais pas enlever son père à un enfant.

La réponse m'a paru malhonnête et moraliste, comme s'il voulait insinuer que ma mère était une criminelle parce qu'elle nous avait enlevés, mon frère et moi.

— Non, je n'ai jamais tué personne, a-t-il ajouté doucement, puis il a encore haussé les épaules.

Nos conflits se multipliaient. Pour mon père, ça ne valait pas la peine d'aller à l'école. Lui, il n'avait même pas terminé son primaire, et il ne s'en trouvait pas plus mal. Pourquoi est-ce que j'avais besoin d'y aller?

Quand je lui demandais pourquoi il avait cessé de voler, aucune de ses réponses ne me plaisait. La façon dont je le regardais lui dévoilait ma déception. J'aimais ses histoires, mais je trouvais sa vie d'alors pathétique. Je lisais à longueur de journée, et cela le mettait de mauvaise humeur.

Je lui demandais:

— Mais recommencerais-tu?

— Peut-être, me répondait-il. Mais ce n'est plus aussi simple que ça l'était avant.

Le jour, si je restais seul à la maison, je fouillais dans ses affaires. J'ai trouvé des balles de fusil, mais pas d'arme; une collection de magazines pornos, assez pour remplir la bibliothèque d'Alexandrie; et un paquet de quinze cartes d'assurance sociale, chacune portant un nom différent. Quand j'appelais ma mère, elle avait peur pour moi:

— Fais attention à ton père. C'est un fou. Il est

dangereux. Tu voulais vivre avec lui, mais s'il te plaît, sois prudent. Tu ne le connais pas comme moi je le connais.

Un matin de pluie verglaçante, nous sommes partis chercher une autre livraison de poissons. Comme c'était devenu une habitude, nous nous sommes disputés au sujet de l'école et du fait que je refusais de lâcher mes romans. Je lui ai répliqué avec dédain que la vie d'un poissonnier était plate.

Il s'est mis en colère. Son visage s'est crispé.

— Tu te penses tough? m'a-t-il lancé. Hein, tu penses ça?

Nous roulions sous une pluie intense, lui penché sur le volant, la neige grise délimitant les deux bords de la route.

— Si t'es si tough que ça, tu vas faire une job pour moi.

Il m'a indiqué le dessous du siège avant.

— Je garde toujours une batte de baseball ici.

Un gant et une balle aussi. Comme ça, si jamais j'ai à me servir de la batte, j'aurai l'air d'un joueur. Sinon, les policiers ne voudront pas croire que je ne faisais que me défendre.

Tout en parlant, il a quitté l'autoroute et a longé une rue de maisons préfabriquées et mal entretenues. Il a arrêté son camion devant une de ces boîtes grisâtres. Une vieille dépanneuse rouillée était stationnée dans la cour.

— Le gars qui vit ici — son nom, c'est Brandon —, il me doit cinquante dollars. Je veux que tu les récupères.

Il a sorti la batte.

— Cinquante ? C'est rien !

— C'est une question de principe. Je ne laisse personne rire de moi.

Il m'a mis la batte entre les mains. Sans parvenir à réfléchir tellement j'étais étonné, je suis sorti du camion. Mon père est reparti dans un crissement de pneus.

J'étais couvert de sueur. La pluie tombait abondamment. Des glaçons se formaient dans mes cheveux. Je me suis dirigé vers la porte et j'ai frappé.

Une jeune femme a ouvert. Enceinte, elle portait une chemise blanche qui se tendait sur son ventre énorme, son nombril proéminent visible sous le coton.

— Brandon est-il ici ? lui ai-je demandé.

— Non. Elle regardait la batte avec de grands yeux écarquillés.

— Il doit de l'argent à mon père.

— Il n'est pas ici, m'a-t-elle répondu, et elle a claqué la porte.

Je ne savais pas quoi faire. J'ai fait le tour de la maison. En traversant le gazon inondé, mes souliers se sont remplis d'eau.

Je me suis arrêté de nouveau devant la porte. Je ne voulais pas que mon père me croie faible. Est-ce que je devrais casser une fenêtre ou bien détruire la dépanneuse ? Elle avait l'air d'avoir déjà passé sous les battes de plusieurs créanciers.

Je voulais en finir, cesser de tourner dans mes pensées. J'allais entrer dans la maison et prendre l'argent.

J'ai frappé à nouveau. La jeune femme a entrebâillé la porte juste assez pour me regarder par-dessus la chaîne. D'un seul coup de pied, j'aurais pu la casser. Sa peau luisait. Son visage était gonflé, ses cheveux ternes. Je lui ai demandé l'argent, et à ce moment-là un sentiment de dédain m'a pris, de dégoût si fort que j'ai eu envie de vomir. Cinquante pathétiques dollars, arrachés de cette pitoyable maison, à cette jeune femme, enceinte. Je suis retourné dans la rue. Un silence m'a rempli.

Mon père est arrivé, et je suis monté dans le camion. Il ne m'a rien demandé.

La solitude que j'ai alors éprouvée, dans son camion, je ne l'ai jamais oubliée. En me montrant l'envers de son existence déplorable, mon père a commis le plus grand vol de sa vie. Mais, revirement parfait de situation, il m'a aussi fait un cadeau en me libérant de lui et de mes fausses notions d'héroïsme. Le monde est devenu réel d'un coup. J'ai compris qu'on peut facilement détruire, qu'on peut briser la vie de quelqu'un sans s'en rendre compte. Parfois l'acte héroïque est de refuser, de ne rien faire.

Je me souviens aussi de la journée suivante, assis dans son camion, encore en train de l'attendre. Je cherchais à concevoir mon avenir, qui je pouvais devenir et comment. C'était presque Noël et, à la radio, le commentateur relatait les événements historiques qui avaient marqué l'année. La Tchécoslovaquie et la Roumanie en révolution contre le communisme. Les événements de la place Tiananmen et le mouvement anti-apartheid en Afrique du Sud. Les Soviétiques avaient quitté l'Afghanistan, le mur de Berlin s'était effondré, et l'Ayatollah avait offert trois millions de dollars pour la tête de Salman Rushdie. La liste était longue, comme celle des chansons à succès, bien que la première évoquât la violence, l'agitation et le pouvoir. Cela m'a donné le sentiment que j'étais hors de l'Histoire, que je ne savais absolument rien du monde, que ma tête ne valait pas un sou et que ma vie était sans conséquence.

Un mois plus tard, mon père m'a annoncé que si je voulais continuer l'école, il fallait que je quitte sa maison et que je me débrouille sans lui. Trop fier pour avouer à ma mère que mon père ne correspondait pas du tout à ce que j'avais imaginé, j'ai trouvé un emploi de soir dans un resto, et une chambre à louer. Je suis entré en cinquième secondaire.

Aujourd'hui, ça fait quinze ans que mon père est mort, et la langue qu'il a voulu oublier persiste dans ma vie. Très peu du héros que j'avais imaginé demeure, mais parfois, quand j'écris, je me souviens de lui et de sa façon de parler. Je me souviens d'avoir été petit, d'avoir compris que ce qui inspirait l'anglais de ses contes était le français de sa famille lointaine.

Parfois, quand j'écris et qu'une phrase me vient, inspirée des rythmes dont les origines me sont perdues, il me semble que c'est la langue française qui a toujours été héroïque, qui a su préserver le passé que mon père a voulu effacer, et qui a survécu en dépit de lui — à travers lui.

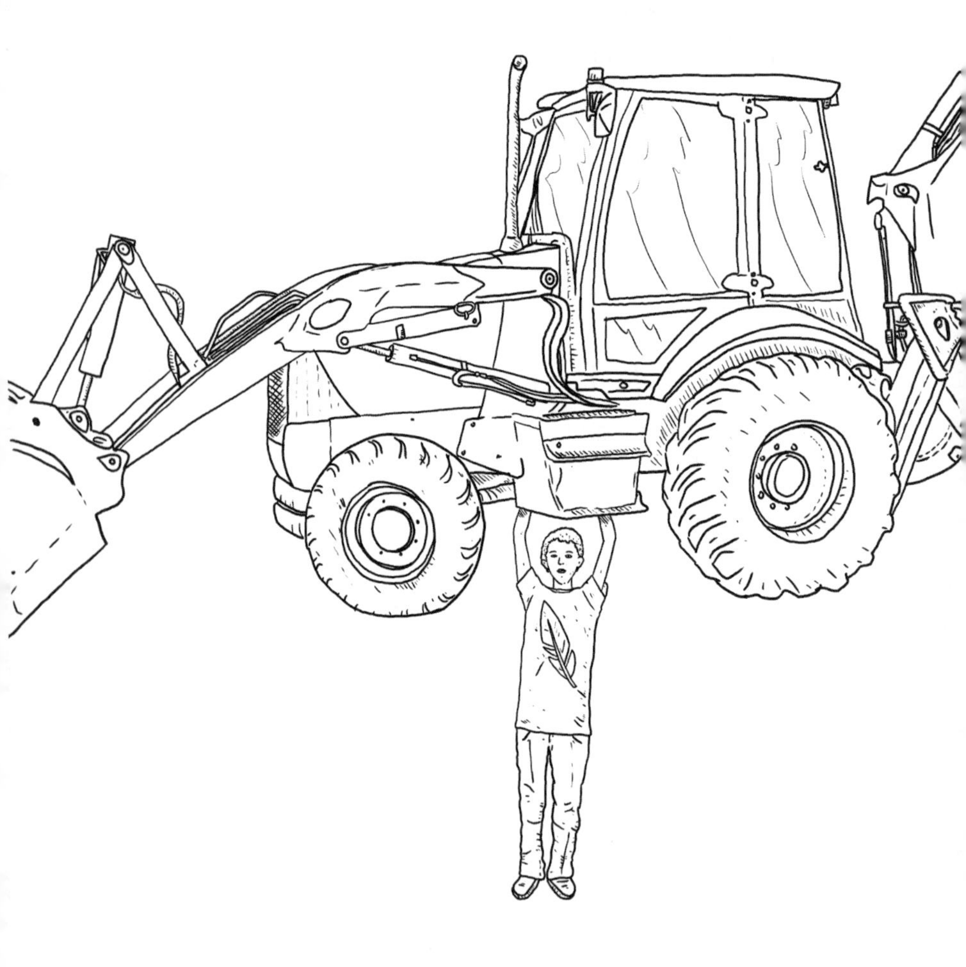

CE QUE MARIAH CAREY A FAIT DE MOI

Simon Boulerice

De tous les élèves de la polyvalente Henri-Bernard, je suis celui qui a la plus grande culture musicale. C'est du moins l'avis de Maude Lavigne, la plus belle fille de cinquième secondaire. En décembre dernier, dans la cour de l'école, alors qu'un des écouteurs de mon iPod pendait mollement sur mon épaule droite, elle s'est approchée de moi, a pris l'écouteur entre ses doigts délicats, et l'a glissé dans son oreille. Elle m'a souri pour la première fois.

— C'est tellement beau!

— C'est *Nothing Compares 2 U,* une chanson de Prince. Mais dans une autre version.

— C'est qui, la chanteuse?

— En fait, c'est un chanteur.

— Ça, c'est la voix d'un gars!?

— Oui. Celle de Jimmy Scott, un vieux chanteur de jazz américain qui est atteint du syndrome de Kallmann.

— Kallmann ?

— La particularité du syndrome, c'est qu'on arrête de grandir et qu'on conserve notre voix d'enfant.

— Comment tu connais ça, toi ?

— Je sais plus trop. J'ai fait des recherches parce que j'aimais la voix du monsieur.

— Tu as du goût, c'est évident.

— J'aime simplement les belles voix. Les voix uniques.

J'aurais voulu lui dire qu'elle aussi, Maude Lavigne, je trouvais sa voix belle, voire unique. Mais je n'ai rien dit. J'ai souri.

Le lendemain, Maude est revenue me voir, alors que, bouleversé, j'écoutais *Wild Is The Wind* qui jouait à plein volume dans mon iPod. Aucun de mes écouteurs ne pendait. Ça ne l'a pas empêchée de m'en retirer un pour le glisser dans son oreille à elle. Son oreille avec une jolie boucle dorée.

— C'est qui ? C'est un homme, non ?

— Non, c'est une femme.

— Je suis trop nulle.

— Non, t'es pas nulle. C'est difficile à identifier. C'est Nina Simone, une chanteuse de jazz. Elle avait une voix très masculine…

— Elle souffrait du syndrome de Candy… ?

— Candy ?

— Le syndrome du chanteur nain… Jimmy Scott ?

— Ah ! le syndrome de Kallmann ! Non. Elle était bipolaire et elle est morte d'un cancer du sein. Mais du point de vue vocal, elle avait juste une voix grave.

J'ai regardé Maude timidement et j'ai ajouté :

— J'aime les voix androgynes.

— Androgynes ?

— Une voix qu'on peut difficilement identifier. Une voix à la fois masculine et féminine.

— C'est vrai que c'est beau, une voix androgyne. Tu en as d'autres ?

— Oui. J'ai ça.

J'ai retiré mon second écouteur et l'ai placé malhabilement dans son oreille gauche, en accrochant sa boucle. J'ai ensuite sélectionné *Hope There's Someone,* du groupe Antony & The Johnsons, chantée par Antony Hegarty. Une voix totalement androgyne, pleine de tristesse. J'ai attendu la réaction de Maude. « Aimera-t-elle cette voix autant que moi ? Ou peut-être rira-t-elle ? » J'attendais son approbation, comme si ma vie en dépendait. Je récitais une prière au fond de moi : « Faites qu'elle aime la voix d'Antony. Faites qu'elle aime la voix d'Antony. Faites qu'elle aime la voix d'Antony... »

Par moments, ses beaux grands yeux s'agrandissaient, et c'est comme si je pouvais deviner le segment qu'elle était en train d'écouter. Il me semble même qu'ils se sont remplis de larmes. Ce que j'aimais le plus dans tout ça, c'est que j'avais tout le loisir de contempler son visage. Et surtout, je me disais fièrement: « Ce sont tes écouteurs qu'elle a dans les oreilles. Et c'est ta musique qu'elle écoute. » Au bout d'un moment, Maude a pris une grande inspiration, a retiré les écouteurs de ses oreilles, les a déposés délicatement sur mon épaule. Puis elle a fermé ses grands yeux comme pour se recueillir, et a livré son verdict: « C'est la plus belle chose que j'ai entendue de ma vie. »

Maude aimait ce que j'aimais. Je pouvais respirer. Et même léviter un peu, en prime.

Puis, elle a eu une illumination. Ses grands yeux ont pris tout l'espace dans son visage. Elle a mis sa main sur mon coude et m'a dit:

— Je fais partie du comité du bal des finissants. Voudrais-tu être notre D.J. ? On cherche quelqu'un de rafraîchissant, qui va nous faire découvrir de nouvelles musiques. Tu es l'homme qu'il nous faut!

— Euh… Mais je ne sais pas si je serai bon.

— Tu seras parfait. Dis oui ! S'il te plaît, Yann !

— Tu connais mon nom ?

— Évidemment. Je me suis informée.

— Oh.

— Alors ? C'est oui ?

— Oui. C'est oui.

— Tu es formidable !

Je m'appelle Yann Masson, j'ai quinze ans, je suis en troisième secondaire, et Maude Lavigne, la plus belle fille des finissants de ma polyvalente, me trouve formidable. On peut dire que ma vie va bien.

Depuis ma rencontre avec Maude, toutefois, on dirait que la vie cherche à me jouer un vilain tour.

Mon petit désastre personnel a eu lieu dans le temps des Fêtes. C'était le party de Noël dans la famille du côté de mon père. J'y étais avec mes parents et ma petite sœur. Je dois avouer tout de suite que j'aime les partys de Noël. Beaucoup. Les femmes sentent le *spray-net* et la vanille, les hommes, la lotion après-rasage et la menthe au chocolat. Bing Crosby chante *White Christmas* à tous les postes de radio. Et toutes ces odeurs mêlées à la voix de Bing Crosby me rassurent.

Dans les partys de Noël du côté de mon père, les enfants jouent avec les enfants, les adultes avec les adultes, et les ados ne viennent pas. Mes parents m'obligent pourtant à les suivre. Je me plains toujours un peu, pour la forme. Je veux qu'ils sentent que je fais un effort pour me retrouver là, avec eux, malgré mes quinze ans bien sonnés et ma perte de foi en l'existence du père Noël. Mais secrètement, j'insiste ici, j'adore ce genre de partys. J'aime voir les yeux de ma sœur s'illuminer devant le globe terrestre ou la trousse de maquillage qu'elle déballe. J'aime surtout me retrouver entouré de mes oncles et mes tantes complètement saouls. Et parmi eux, mon père et ma mère, qui font des folies qu'ils ne feraient pas d'ordinaire.

Ces dernières années, j'ai pris l'habitude de me tenir à l'écart pour admirer le portrait d'ensemble : mélange de cris d'enfants avec leurs jeux gentils et de rires d'adultes avec leurs jeux plus dégourdis. Tout ça sur une trame sonore de cantiques que j'ai moi-même sélectionnés. À Noël, je vide mon iPod et ne le remplis que de morceaux de circonstance, judicieusement choisis. Car même en ce qui concerne la musique de Noël, je suis un esthète. Un esthète musical. C'est Maude Lavigne qui aurait lâché le qualificatif, lors de la dernière rencontre du comité du bal des finissants, pour qu'on me choisisse en tant que D.J. C'est du moins ce qu'on m'a dit.

J'observe donc le touchant portrait de famille, les écouteurs dans les oreilles pour éviter d'entendre les chanteuses à voix qui s'égosillent dans les haut-parleurs. Cette année, ma mère, supposant peut-être que je les enviais, m'a obligé à me joindre à eux le temps d'un jeu : la mitaine chaude.

La mitaine chaude est un jeu très agréable à regarder quand on est à jeun et que les concurrents, eux, ne le sont pas. Ce jeu débridé consiste à déballer un cadeau-surprise avec des mitaines pour le four. Les chaises des participants sont disposées de façon à former un grand cercle. Ils ont juste quinze secondes pour déballer le cadeau, et s'ils échouent, le cadeau et les mitaines reviennent à leur voisin de droite. Et ainsi de suite. Le cadeau peut avoir jusqu'à vingt épaisseurs de papier d'emballage. Ce n'est pas précisément facile à déballer. Surtout avec des mitaines pour le four. Surtout quand tout le monde a un petit verre dans le nez.

À ce jeu, donc, ma parenté livrait une piètre performance de déchireur professionnel. Ma mère surtout. Elle ne faisait que rire. Elle n'avait pas réussi à déchirer le moindre centimètre carré du papier qui recouvrait le cadeau. Je la trouvais pathétique et émouvante à la fois. J'étais parmi les derniers joueurs du cercle. Quand j'ai eu le cadeau entre les mains, il était déjà presque déballé. C'était un CD. Sur la pochette, une fille à genoux dans la neige, dans un « costume » de Noël plutôt sexy. Un genre de mère Noël, mais plus sensuelle qu'à l'accoutumée. Avec mes grosses mitaines pour le four, j'ai réussi à arracher ce qui restait de l'emballage, et c'est moi qui ai pu garder le cadeau !

C'était un vieux CD de 1994 intitulé *Merry Christmas,* de Mariah Carey. J'ai toujours spontanément méprisé Mariah Carey. De prime abord, je la trouve légèrement vulgaire dans ses jupes trop courtes. Mais surtout, elle m'irrite avec sa voix d'ultrasons et ses mouvements de main quand elle atteint ses notes de *falsetto*. Elle a beau avoir un registre qui s'étend sur cinq octaves et être une des seules chanteuses à maîtriser la voix de sifflet, elle me fait grincer des dents. Mon père, qui m'a transmis son amour pour la belle musique, prétend que la voix de Mariah a la faculté de fissurer les fenêtres. Il m'a bien mis en garde: « Mon gars, interdiction d'écouter ce disque à la maison. Des plans pour casser les vitres! »

Aux petites heures du matin, avec ma frangine endormie sur mon épaule, nous avons pris un taxi pour rentrer à la maison. J'ai couché ma sœur dans ses draps santé, et me suis faufilé dans ma chambre avec le CD de Mariah. Intrigué par le boîtier, j'ai transféré les chansons de l'album sur mon ordi portable, et ensuite dans mon iPod. Juste pour écouter, comme ça. Par curiosité. En venant me souhaiter bonne nuit, ma mère a surpris ma manœuvre. Elle m'a donné le même conseil que mon père: « Fais attention, mon ange, des plans pour te fissurer les tympans et saigner des oreilles. On serait obligés de t'emmener à l'hôpital! »

C'est peut-être ma nature aventureuse ? Je ne sais pas. Mais j'ai écouté les chansons de Mariah Carey. Et il m'est arrivé quelque chose d'infiniment étrange et angoissant. Quand la chanson *All I Want For Christmas Is You* a retenti dans mes écouteurs, je me suis mis à pleurer. Sans retenue. Comme une vraie Madeleine. Je devais être fatigué. J'étais inconsolable. Véritablement inconsolable.

La chanson s'est achevée, et j'ai cessé de pleurer. Je me suis mouché bruyamment dans un Kleenex qui sentait la cannelle (des mouchoirs de Noël !?), et j'ai repris mon souffle. Les autres chansons étaient banales et inintéressantes, à l'image de la chanteuse. Puis, j'ai mis mon iPod sur Pause. Mon cœur a fait un tour sur lui-même, comme le globe terrestre de ma sœur. Moi, Yann Masson, esthète musical, j'avais pleuré en écoutant une chanson de Noël de Mariah Carey.

Il me fallait dormir, c'est tout. Demain, tout irait mieux. Demain, Mariah Carey ne me ferait plus pleurer.

Le lendemain, au terme d'une belle nuit de neuf heures de sommeil, je repensais à mes larmes, le sourire aux lèvres. J'ai écouté les autres chansons de Carey, impressionné par l'inutilité de chacune d'elles. Puis, comme ma curiosité est sans bornes, à la dernière chanson du CD, j'ai remis *All I Want For Christmas Is You* et, comble de misère, j'ai recommencé à brailler. Abondamment. Mais ce n'était assurément pas des larmes de gars fatigué. C'était des larmes de gars ému.

À l'écoute de cette chanson pleine d'entrain et de trémolos, surgissant d'un flot de cloches, clochettes, tambourin et batterie, je me liquéfiais. J'étais là, devant mon miroir, stupéfait à la vue de mes larmes, et je pensais aux mots de Maude Lavigne : « Un esthète musical. » Je n'avais rien d'un esthète. J'étais simplement lamentable avec mon chagrin que la voix criarde de Mariah Carey éveillait en moi dans cet éloge des bons sentiments qu'est *All I Want For Christmas Is You.*

À l'heure actuelle, Noël est passé depuis plusieurs mois. Et pourtant, quelque part sur mon iPod se trouve encore *All I Want For Christmas Is You* de

Mariah Carey. Je ne l'écoute que dans ma chambre, car chaque fois que la chanson retentit dans mes oreilles, je pleure. C'est plus fort que moi. Comme si on pinçait violemment ma corde sensible. Je suis assurément masochiste : je l'écoute chaque jour. Il me faut ma dose quotidienne. *All I Want For Christmas Is You* est devenue une obsession.

Je me retiens toutefois de l'écouter à l'école. À tout moment, Maude Lavigne pourrait surgir derrière moi, arracher un de mes écouteurs et me surprendre en flagrant délit de mièvrerie musicale. Je ne voudrais pas perdre la face et l'oreille devant elle. Elle me croit formidable. Je me dois d'écouter de la musique formidable.

— Je trouve ça important de te donner un salaire.

— Si vous y tenez…

— Moi, j'y tiens. Si on engageait un grand D.J., ça coûterait très cher, et il serait sans doute moins esthète que toi.

Je m'appuie contre le mur et je rougis jusqu'à la racine des cheveux. Je dois être beau, à me confondre de la sorte avec les briques de la poly. Si Maude savait que son « esthète musical » écoute du Mariah Carey en cachette ! Qui plus est, du Mariah Carey de Noël ! Mais elle ne remarque pas ma rougeur. Elle flotte, la tête remplie d'hélium à l'idée de son bal qui arrive à grands pas.

— Tu verras, quand tu seras en cinquième secondaire... Plus que deux ans...

— Oui, plus que deux ans...

— Tu écoutes quoi, ces jours-ci ?

— James Morrison.

— Tu me le fais entendre ?

Maude n'attend pas ma réponse. Elle me retire l'écouteur et le plonge dans son oreille dont le lobe brille toujours. Elle sourit.

— C'est bien un gars, celui-là ?

— Oui oui. C'est un jeune chanteur britannique.

— Jolie voix.

— Il a failli mourir de la coqueluche quand il était bébé. Ça lui a donné ce joli grain de voix.

— C'est formidable que tu connaisses tout ça. Notre bal sera une soirée magique.

— Faut pas exagérer... Est-ce que je dois apporter des genres de musique en particulier? Je sais pas, moi. Genre du Rihanna, ou du Beyoncé. Ou du Lady GaGa, peut-être?

— Surtout pas. On veut un bal unique. On veut des chansons nouvelles. Tu me surprends toujours. Je te fais entièrement confiance. Mais j'espère quand même que tu vas faire jouer *Hope There's Someone.*

— Bien sûr. Tout ce que tu veux.

— Au fond, tu n'auras qu'à laisser filer les chansons qui se trouvent sur ton iPod.

Je rougis de plus belle. C'est décidé : ce soir, en arrivant à la maison, j'écoute une dernière fois *All I Want For Christmas Is You,* puis je l'efface. Et pour m'assurer que mon malheur est bel et bien terminé, je vais détruire le CD de Noël de Mariah Carey.

— Oui, Maude, je ferai jouer toutes les musiques de mon iPod.

De ce que je m'étais promis, je n'ai rien fait. Ce soir-là, après avoir écouté *All I Want for Christmas Is You* et pleuré abondamment, je n'ai pas retiré la chanson de mon iPod, pas plus que je n'ai détruit le CD.

On est finalement arrivés au bal des finissants.

Je suis armé ; mon iPod est rempli de délices, des découvertes qui feront de moi un D.J. respecté.

Maude danse sur la piste. On ne voit qu'elle. Ses mouvements sont langoureux. Elle danse en remontant sa coiffure. Ses avant-bras caressent ses tempes. Une de ses boucles d'oreilles se décroche et tombe au sol. Je suis le seul à remarquer le bijou qui scintille sur la piste de danse. Quelqu'un va l'écraser si je ne le ramasse pas.

Je quitte mon poste un bref instant. J'ai déjà présélectionné la prochaine chanson. C'est *I'm Your Man* du baryton-basse Leonard Cohen. C'est ma façon d'envoyer des signaux à Maude Lavigne. Que la voix grave de Cohen fasse gronder le plancher de danse et vienne vibrer jusque dans les jambes de Maude. Que les mots de Cohen la fassent frémir, puis résonnent longuement en elle. Et qu'enfin elle comprenne que c'est moi, son homme. L'esthète musical.

Mais quelque chose se produit. Quelque chose d'infiniment étrange et angoissant. Alors que je recueille la petite boucle dorée entre mes doigts, *All I Want For Christmas Is You* se met à jouer à plein volume. Mariah Carey s'époumone dans les haut-parleurs du bal des finissants de la polyvalente Henri-Bernard.

J'accours à ma table de D.J. et regarde mon iPod de plus près. Mon désarroi est immense; j'ai sélectionné *Carey* plutôt que *Cohen.* Comme si mon inconscient s'était exprimé. Comme si mon cœur avait parlé. Mon cœur qui, secrètement, bat plus pour Carey que pour Cohen. Je lève les yeux. Mes yeux terrifiés. Dois-je stopper la chanson de Mariah Carey en plein tintement de clochettes ? Déjà, j'entends des rires s'élever vers moi. Des éclats de rire. On va me ridiculiser, me lapider, me lyncher. Mais ce qui arrive me stupéfie. Devant moi, les finissants de mon école secondaire rient tous en cœur, enlacés avec camaraderie. Leur étreinte est chaleureuse, comme l'est celle des membres de ma famille ivre dans les partys de Noël des Masson.

De cette gigantesque accolade, Maude Lavigne émerge et s'avance vers moi, une boucle d'oreille en moins. Elle sourit. Elle est radieuse. Elle approche sa bouche de mon oreille, pour que j'entende sa voix.

— Tu es un héros.

— Comment ?

— Un héros. Je ne connais personne qui aurait osé mettre une chanson de Noël de Mariah Carey lors d'un bal des finissants. Tu es formidable ! Un esthète musical, avec un sens de l'humour redoutable. Et on pense tous ça. Regarde-nous !

Je regarde la foule, rassuré. Mariah Carey termine sa chanson, sous un tonnerre d'applaudissements. Maude rejoint ses amis. Elle se blottit contre l'épaule d'un gars. Un gars de son âge, plus grand et imposant que moi. Son cavalier. Ils ont l'air heureux. Tous.

Je termine la soirée avec *Hope There's Someone,* dernier slow avant qu'on rallume les lumières. Quand la voix androgyne d'Antony Hegarty finit sa plainte mélodieuse, je débranche tout et je pars avec mon iPod, mes écouteurs et un chèque de cent dollars, mon cachet de D.J. Je rentre chez moi à pied. Je ne suis pas seul. Mariah Carey me chante *All I Want For Christmas Is You.*

Je m'appelle Yann Masson, j'ai quinze ans, je suis en troisième secondaire, et je suis un esthète musical. J'aime les voix uniques et je n'ai pas honte quand je pleure en écoutant *All I Want For Christmas Is You* de Mariah Carey. Et surtout, j'aime la voix et les oreilles de Maude Lavigne. En fait, j'aime Maude Lavigne en entier.

Je ne pense pas avoir des chances avec Maude, mais je sais que je vais la revoir.

J'ai sa boucle d'oreille.

La liste d'écoute de Yann Masson

What's Free Is Yours de Pony Up!
Idioteque de Radiohead
I Found A Reason de Cat Power
Ridiculous Thoughts de The Cranberries
Good Mother Cover de Jay Brannan
Sors-moi d'Orange Orange
Tom's Dinner de Suzanne Vega
No More "I Love You's" d'Annie Lennox
I Can't Tell You de Winter Gloves
Disco Days de Moist
J'erre de Dumas
Perfect Day de Lou Reed
Mr. Hurricane de Beast
Constant Craving de k.d. lang
La Marelle de La Patère rose
I'm Going In de Lhasa de Sela
Money Note de Camille
Foundations de Kate Nash
Glósóli de Sigur Rós
Enjoy The Silence de Depeche Mode
I'm Your Man de Leonard Cohen
(mais ***All I Want For Christmas Is You***
de Mariah Carey, par erreur)
et
Hope There's Someone d'Antony & The Johnsons

Guillaume Corbeil

Je suis en retard, je ne saurais dire pour quoi. Chaque fois que je vais quelque part, j'ai l'impression que j'aurais dû y être depuis longtemps, même que je devrais déjà être reparti. Je quitte aussitôt, mais je n'ai nulle part où aller — je n'ai aucun rendez-vous, il n'y a personne qui m'attend. Je marche pourtant d'un pas décidé, et aux feux jaunes je me dépêche de traverser. J'entre dans un café ou un restaurant en me disant oui, je suis arrivé. Mais à peine en ai-je poussé la porte que je regarde ma montre : il faut que je parte. On dirait que j'essaie de rattraper un temps que j'ai perdu je ne sais pas quand, bien avant que je vienne au monde, comme si j'étais né un jour qui en vérité aurait dû être mon sixième anniversaire.

À l'école, mes yeux ne quittent jamais l'horloge dans le fond de la classe. Chaque minute passe de la même façon : d'abord je suis découragé par la lenteur à laquelle la trotteuse bouge. Il y a des horloges où elle avance d'un mouvement continu — celle de la piscine est comme ça —, mais dans la classe elle se déplace par à-coups, si bien que chaque seconde me semble un petit cubicule. Souvent je suis convaincu que l'aiguille s'est immobilisée entre deux traits sur le cadran et que l'instant que je suis en train de vivre ne se terminera jamais. Je panique à l'idée d'être prisonnier de ce moment, ça me rend claustrophobe. Et puis tic, la trotteuse fait un petit saut. Autre temps, je retiens mon souffle. Tac : j'expire enfin. À chaque seconde je plonge comme ça en apnée, je pense que je pourrais tenir au moins cinq minutes sous l'eau.

Sur le mur de ma chambre, juste à côté de mon lit, j'ai collé les pages d'un calendrier. Tous les matins, j'ai à peine ouvert un œil que je trace un X sur la journée qui s'apprête à commencer. À mesure que le temps passe, les X occupent de plus en plus de place. Des semaines sont hachurées, des mois noircis... L'image me rappelle les cimetières militaires qu'on peut voir dans les documentaires sur les deux guerres mondiales, peuplés de croix toutes pareilles. Bientôt j'aurai remporté ma bataille contre le temps.

Devant mon casier, Maxime me demande si je veux l'accompagner à l'animalerie : il va acheter de la nourriture pour son chat. Je n'ai rien à faire, j'accepte de le suivre.

Je ne sais pas pourquoi Maxime a un jour décidé que nous étions amis. Il me téléphone tout le temps, moi jamais. Parfois je dis quelque chose et il éclate de rire: il me trouve sombre — vraiment, je ne cesserai jamais de le surprendre. Je déteste quand il dit ça. J'ai les yeux gris, ma mère disait que c'est pour ça que je suis moins enjoué que les autres. Parce que je vois la vie avec moins de couleurs. J'ignore si c'est vrai, mais ce n'est pas à lui de me le dire.

Tout le long du trajet, Maxime me parle de Victor. Il me raconte qu'il passe ses journées au soleil, sur la planche à repasser, et qu'il se couche sur ses cuisses quand il joue à l'ordinateur. Au bout d'un moment, je comprends qu'il ne parle pas d'un ami, mais de son chat. Selon Maxime, Victor serait le plus malin de la ruelle — vraiment, je n'en reviendrais pas, parfois il fait même des mauvais coups. Je hoche la tête et souris, je ne l'écoute pas vraiment.

Maxime se tait enfin. Il s'attend sans doute à ce que j'aie moi aussi une histoire de ce genre à lui raconter. Mais je n'ai jamais eu d'animaux. J'ai peur des chiens parce qu'ils mordent et des oiseaux parce qu'ils bougent nerveusement : l'idée qu'en s'envolant leurs ailes claquent dans mes yeux me terrifie. Je pourrais en parler à Maxime, mais il ne manquerait pas de me dire que les animaux sont nos amis, quelque chose comme ça.

À la caisse de l'animalerie, il y a une fille à l'air étrange. Elle a les cheveux noirs coupés court et la lèvre inférieure percée. En nous entendant entrer — un petit haut-parleur imite un son de clochettes —, elle lève la tête, puis replonge dans son livre.

Pendant que Maxime étudie attentivement les différentes marques de nourriture — il veut ce qu'il y a de mieux pour Victor : il change de saveur chaque fois qu'il achète un nouveau sac, pour *diversifier son alimentation* —, je garde les bras le long du corps pour rester le plus loin possible de tous les lapins, chatons, perruches et souris qui peuplent les cages.

Je m'arrête dans une allée et, en faisant semblant d'étudier les jouets pour chiens, je ne peux m'empêcher de regarder la caissière. Tout en continuant de lire, elle fait entrer son anneau dans sa bouche et l'en ressort dégoulinant. La pointe de sa langue vient l'essuyer et elle étend ensuite la salive sur sa lèvre supérieure. Je baisse les yeux, mais je tombe sur une gigantesque tarentule ; je les relève et je suis face à elle, qui me regarde les yeux grands ouverts. J'ai la tête qui tourne, partout où je regarde quelque chose grouille dans une cage. Je repère la porte et sors, dans la rue je m'arrête un instant pour reprendre mon souffle.

Je fais un dernier X sur mon calendrier. Je n'irai pas à l'école aujourd'hui. Un jour de plus ou un jour de moins, qu'est-ce que ça change ?

Dans un grand sac vert, je jette mes cahiers et mes livres d'école, puis j'arrache du mur mon calendrier.

Je passe le reste de la journée au sous-sol, assis devant la télévision. J'ai bu tout le jus que mon père a acheté, alors je m'en remets à l'eau du robinet.

Dehors, c'est la canicule : j'avale des verres et des verres de liquide, puis en sue chaque gorgée. Les coussins du canapé sont trempés.

Je zappe sans rien écouter vraiment. Je passe d'une chaîne à l'autre en espérant je ne sais quelle émission. C'est le moment que j'espère depuis des années, pourtant j'ai encore l'impression d'attendre quelque chose. Je me dis à voix haute : ça y est, c'est fini. Je me le répète. On dirait que je n'arrive pas à y croire. Je ne ressens aucune joie, aucune excitation. Le même ennui face au temps qui passe. Le même espoir d'un bientôt qui ne vient pas.

Mon père vient se poster devant la télévision. Je proteste, lui demande de s'ôter de là, il me cache la vue. Rien à faire. Pourquoi est-ce que je ne suis pas à l'école ? C'est fini, je n'y retournerai plus jamais. Si c'est comme ça, il faut que je me trouve un emploi, *pour gagner ma vie.* Je ne savais pas que c'était quelque chose qu'il fallait mériter, comme une médaille. Quand j'étais petit, ma mère et lui me disaient que la vie, c'était le plus beau cadeau qu'ils m'avaient fait. Si mon père avait gardé la facture, je lui aurais demandé d'aller se faire rembourser.

Je vais poser ma candidature un peu partout en ville, et je finis par être engagé à la boucherie Hubert & Hubert. Il n'y a pas vraiment d'entrevue à passer, une secrétaire me demande seulement au téléphone si j'ai peur du sang. Il faut bien travailler. Ça ou n'importe quoi, qu'est-ce que ça change? Je vais finir par m'habituer. On s'habitue à tout, c'est mon père qui me l'a dit. Lui voulait être trompettiste dans un orchestre symphonique. À mon âge, il étudiait au Conservatoire. Aujourd'hui, il travaille pour une maison de sondage. Au début, il était incapable de dormir tellement il avait mal à la tête à cause des sonneries de téléphone qu'il endurait à longueur de journée. Il était tout le temps en colère, mais il s'est calmé depuis que ma mère est morte. Il ne joue plus de la trompette: il fait ce qu'il a à faire, comme il dit. Il s'occupe de moi, et tous les dimanches, il va changer les fleurs sur la tombe de maman.

M. Hubert m'apprend à suspendre un cochon par les pattes de derrière pour le vider de son sang, comment en faire du jambon, du bacon et, avec le reste de la carcasse, des saucisses à hot dog. Quand une nouvelle cargaison arrive, les cochons ont les yeux ouverts. Dans la chambre froide, j'ai l'impression qu'ils me regardent, alors je me dépêche, pour vite sortir de là. Le plus dur c'est lorsque je dois leur couper la tête : au moment où je dépose la lame du couperet sur la nuque, juste avant de la trancher, j'ai peur qu'ils se réveillent et se mettent à courir dans tous les sens. Le crâne roule à quelques centimètres du reste du corps, et il arrive que leurs yeux soient braqués sur moi. On devrait les fermer à l'abattoir.

À la boucherie, le lundi dès neuf heures du matin, je suis déprimé à l'idée de cette autre semaine à travers laquelle il me faudra passer. Le mardi c'est pire : c'est à peine le début du milieu. Le mercredi je commence à être fatigué, le jeudi je n'ai aucun entrain. Le vendredi je me dis que la fin de semaine va me faire du bien, mais je sais que je serai incapable d'en profiter, tout sera à recommencer deux jours plus tard. Contrairement à une année scolaire, cette situation n'a pas de fin prévue à l'horaire. Je ne peux que continuer et baisser la tête et serrer les dents quand c'est trop dur. Si j'affichais au mur de ma chambre les pages d'un autre calendrier, ce ne seraient pas les vacances qu'il y aurait au bout, mais la mort.

En rentrant à la maison, parfois je fais un détour et passe devant l'animalerie. Je reste de l'autre côté de la rue, sur le trottoir, et je regarde ce qui se passe à l'intérieur. Il y règne un désordre épouvantable. Je me rappelle l'odeur des excréments de tous les animaux avec dégoût.

Du lundi au vendredi, c'est *elle* qui est à la caisse. Il y a une rue et une vitre entre nous — c'est comme si je la regardais à la télévision, elle ne peut pas me voir. Quand elle caresse son anneau avec la pointe de sa langue et qu'un mince filet de salive coule de sa bouche, tout mon corps est parcouru d'un long frisson. Les premiers temps, je m'empressais de regarder ailleurs, mais maintenant j'arrive à soutenir la vue de cet étrange spectacle. Quand je rentre à la maison, je n'ai pas d'appétit, et le soir, en pensant à sa langue et à sa salive, je me tourne et me retourne dans mon lit, incapable de m'endormir.

Je me suis coupé en dépeçant la cage thoracique d'un cochon. Sur le chemin du retour, je ne peux détacher mes yeux de ma blessure. Je sursaute en entendant quelqu'un crier mon nom. C'est

Maxime. Il transporte une cage et il a les yeux rougis. Victor est malade depuis quelque temps et là, il s'en va le faire endormir chez le vétérinaire. Je comprends qu'il dit *endormir* parce qu'il ne veut pas dire tuer, parce que l'idée que son chat va mourir le terrifie. Moi-même c'est ce que je me suis dit quand j'ai vu ma mère couchée dans son cercueil, on dirait qu'elle dort.

Maxime me demande de l'accompagner chez le vétérinaire. Ça me semble une très mauvaise idée, mais il insiste. J'ai envie de lui dire que je suis allergique aux animaux, mais au lieu de ça j'accepte.

Le vétérinaire couche Victor sur une table en aluminium. En le flattant dans le cou, Maxime murmure à son oreille qu'il va lui manquer, que les jours passés avec lui ont été merveilleux. Depuis que le chat n'est plus dans sa cage, je reste adossé au mur. Il se débat et il a le poil hérissé. S'il fallait qu'il se dégage, je ne serais pas surpris qu'il me défigure avec ses griffes.

Maxime fait un signe au vétérinaire, qui plante une seringue dans le cou de Victor. Son ventre, qui montait et baissait à toute vitesse, se gonfle de plus en plus lentement, puis s'immobilise. Son regard est fixe, il me rappelle celui des cochons dans la chambre froide. Le vétérinaire lui ferme les yeux, c'est seulement là que je remarque qu'ils sont gris.

Le soir, je rêve que je parle avec M. Hubert de la caissière de l'animalerie. Pour me faire plaisir, il l'accroche par les pieds dans la chambre froide. Elle est là, à ma disposition. Du bout de l'index, je caresse sa lèvre inférieure, entrouvre sa bouche et touche la pointe de sa langue. Elle est raide et sèche. Dans le métal de son anneau, je vois mon reflet : j'ai les yeux cernés et le teint très pâle. En portant ma main à ma poitrine, je me rends compte que mon cœur ne bat plus. Ma peau se met à se putréfier et à tomber en lambeaux. La caissière me tire vers elle et me demande qu'est-ce que j'attends, maudit imbécile ? Les cochons se mettent à crier et à gémir au bout de la chaîne qui les tient la tête en bas, et les murs se rapprochent à toute allure pour s'arrêter à quelques centimètres de moi. Je peux sentir l'odeur de la peau des porcs, la chaleur de leur corps. Je me réveille en sursaut.

Toute la journée, à la boucherie, je pense à mon rêve. Je dois avoir l'air déprimé, parce que M. Hubert fait une petite incision dans le cœur d'un cochon et glisse sa main dans les ventricules et ses doigts, dans l'aorte. Il change sa voix et, en faisant comme si c'était le cochon qui parlait, il me raconte tout ce qu'il aurait voulu faire avant d'être transformé en jambon. Ça fait bizarre quand il jette le cœur avec le reste des viscères.

La caissière ne bronche pas quand le haut-parleur accroché au-dessus de la porte de l'animalerie fait entendre l'enregistrement du son d'une clochette. Je me précipite à l'arrière du magasin et me cache dans l'allée des aquariums — je n'ai rien à craindre des poissons. Je suis à bout de souffle, j'ai couru de la boucherie jusqu'ici.

J'ai besoin d'une seconde ou deux avant de comprendre ce qui est en train de se passer. Les yeux de la caissière sont braqués dans ma direction. Depuis combien de temps? Mon regard quitte ses lèvres pour vite aller aux aquariums. Je l'ai peut-être fait trop rapidement. Maintenant elle doit se douter que je l'épiais.

J'observe les poissons avec une attention exagérée, je plisse les yeux et hoche la tête, comme si je cherchais à me convaincre moi-même que c'est bel et bien ce que je suis venu faire : acheter un poisson rouge. Oui, c'est ça. Pendant combien de temps un client normal peut-il regarder des poissons rouges ? Est-il normal que je n'en aie toujours pas choisi un ? Je ne veux pas non plus qu'elle pense que je suis difficile, ou que je suis le genre de personne pour qui la personnalité de son poisson rouge est importante.

Je lève les yeux, elle me regarde encore. De retour aux poissons. J'ai envie de me retrouver déjà dehors, de n'être même jamais entré dans l'animalerie.

La caissière sort de l'arrière du comptoir et se dirige vers la porte — j'ai l'impression qu'elle la verrouille. Elle accroche un petit écriteau sur lequel, d'où je suis, je peux lire : De retour dans 15 minutes. Je suis pris au piège.

Elle marche vers moi. Je recule de quelques pas et me retrouve adossé à un vivarium occupé par un serpent. Elle n'est plus qu'à un mètre, mon cœur bat à toute allure dans ma poitrine. Je n'arrive pas à bouger, j'entends les animaux grouiller, les chiens japper, les chats miauler.

Je rouvre les yeux, elle est en train de flatter le serpent. Doucement, dans le creux de mon oreille, elle me dit de me calmer, tout va bien. Puis elle prend ma main et la pose sur lui. Il ne faut pas que je m'en fasse, il est gentil. J'ai l'impression qu'il va s'enrouler autour de moi et m'étouffer. J'entends mon cœur battre, mon estomac se serre. Sous mes doigts, je peux sentir la peau écailleuse et froide du serpent. C'est rugueux et gluant, j'ai envie de crier. Je ferme la main. Le serpent se contorsionne, ses écailles frôlent mes jointures. Il me regarde dans les yeux, on dirait qu'il a tout aussi peur que moi. Mes doigts se déplient lentement, je le touche encore, mais cette fois je laisse ma main sur lui, pour le sentir bouger. La caissière me regarde en souriant. Je serre sa main dans la mienne, sa peau à elle est chaude.

Je voudrais lui dire quelque chose, mais elle ne m'en donne pas le temps. Sur mes lèvres, le métal froid de son anneau. Je la plaque contre une cage, qui bascule et tombe par terre : un hérisson en sort.

En riant, elle me pousse à son tour, et j'atterris parmi les lézards et les tarentules.

Nous continuons comme ça à nous bousculer, et sur notre passage les cages s'ouvrent, les vivariums se renversent. L'animalerie devient une jungle où les animaux vont en liberté. Les perruches volent au-dessus de nos têtes, et à chacun de nos pas nous devons faire attention de ne pas écraser un cochon d'Inde, une souris ou un iguane. Nous trébuchons sur un chien. Couchés par terre, nous nous mordons, nous nous léchons le visage. J'entends les animaux hurler, et sur mon corps, je sens leurs griffes, la peau froide des lézards, le dos velu des tarentules.

Je suis arrivé. Je n'ai pas besoin de me le dire et de me le répéter pour y croire, je le sais. Les murs sont tombés, au-dessus de ma tête c'est le ciel. Il n'y a plus de secondes, plus de minutes, plus d'heures à passer. Seulement ce moment, là, sur le plancher de l'animalerie, son corps à elle contre le mien. J'ignore depuis combien de temps il dure, je voudrais seulement que jamais il ne finisse.

UNE CORDE DE LA

Eric Dupont

69

Ce matin j'ai été réveillé par une musique que je n'avais plus entendue depuis longtemps. Enfin, le mot « réveillé » est un peu fort. À mon âge, la frontière entre le sommeil et l'éveil n'est plus qu'un voile translucide ondulant au gré de la lumière de l'aube. C'était le *Concerto pour violon* de Sibelius. Je n'ai même pas eu à ouvrir les yeux pour que, dès les premières mesures, les événements de l'hiver 1959 défilent devant mes yeux, comme un film. L'hiver qui fit de moi un héros, en quelque sorte. J'ai laissé jouer la radio jusqu'à la fin du premier mouvement. C'était, je m'en souviens encore, le 8 décembre 1959. J'avais dix-sept ans.

Allegro moderato

Pendant que je remplaçais la corde de *la* de mon violon, j'ai entendu la nouvelle à la radio. « Au moment de sa disparition, la jeune Anaïs Fa portait un anorak bleu ciel, des cache-oreilles blancs, une jupe couleur crème... », a annoncé la lectrice à la voix *dolce ed espressivo.* Doux et expressif, voilà comment je me rappelle le visage d'Anaïs Fa. Du coup, j'ai arrêté l'espace d'un temps de tourner la cheville. Malgré le désarroi dans lequel la nouvelle me plongeait, j'ai fini d'accorder mon instrument avec des gestes mécaniques avant de le ranger dans son étui. Dehors, de lourds nuages gris se vidaient d'une lourde neige cotonneuse, la promesse d'un Noël blanc.

Il serait faux, voire maladroit, de vous dire qu'Anaïs Fa et moi étions des amis. Certes, nous avions été admis le même jour au Conservatoire, assisté aux mêmes cours, exécuté ensemble des duos, joué dans les mêmes orchestres, mais jamais nos rapports n'ont dépassé les limites d'une camaraderie polie. Cela tenait peut-être au fait qu'aux yeux de Mme Gorelik, notre professeure de violon, Anaïs Fa incarnait la virtuosité et la justesse à l'état le plus pur. Dans l'échelle des préoccupations de Mme Gorelik, l'ange Anaïs trônait bien haut sur un socle de talent brut qui la rendait capable d'exécuter avec une facilité déconcertante les pièces les plus difficiles. Beaucoup plus bas, sous la couche de nuages, venait moi, Wilhelm Glück, deuxième dans la hiérarchie des préférences de la professeure à l'accent roucoulant qui aimait m'appeler devant tout le monde son « petit Amadeus engourrrdi ». Le talent d'Anaïs m'intimidait, et à dix-sept ans, ces choses-là vous intimident encore. Après, on se met à croire à la valeur du travail.

Le travail. Comment se souvenir de Mme Gorelik sans penser au travail ? Je me souviens, et cela ne prend de sens qu'à mesure que je me rappelle ces jours lointains, que Mme Gorelik m'avait un jour dit : « Le talent, c'est une chose. Le trrravail, c'est autre chose… » Le travail. Elle n'avait que ce mot à la bouche, Mme Gorelik. Elle avait dû elle-même beaucoup travailler. Pour tout avouer, en entendant la nouvelle de la disparition d'Anaïs, j'avais ressenti une espèce de contentement coupable et inavouable.

La première fois que j'ai rencontré Anaïs Fa, nous devions avoir tous les deux six ans. Assis côte à côte dans le couloir du Conservatoire, nous attendions patiemment, flanqués de nos mères respectives, que se montre Mme Gorelik. Pour gagner du temps, elle rencontrait les nouveaux élèves deux par deux. Même dans les locaux du Conservatoire, Mme Gorelik était toujours suivie d'un gros chat himalayen gris-bleu nommé Sibelius, en l'honneur de son compositeur fétiche. Cet animal au pas lent et au regard métallique ne la quittait jamais. « Si vous pouvez jouer Sibelius, vous pouvez jouer tout ! » nous avait-elle martelé, et je me souviens que nous avions été un peu effrayés par sa dent en or. « Ce serrra un de vous, je le sens », avait-elle dit en regardant Sibelius dans les yeux. « Mais avant, il faut trrravailler ! Trrravailler ! Juste talent, c'est jamais assez ! » Elle avait regardé Anaïs droit dans les yeux en disant cette dernière phrase, comme si elle avait voulu d'emblée mettre les choses au clair avec elle.

Elle nous avait ensuite longuement parlé du premier violon que son père lui avait offert. « Il avait fait blague en disant que les corrrdes étaient faites avec des nerrrfs de chats ; j'étais trrraumatisée », avait-elle dit en caressant Sibelius *molto moderato e tranquillo.* Puis, constatant sur nos visages crispés l'effet que son histoire avait eu sur nous, elle avait ri. « Mais calmez-vous ! c'était vrai y a longtemps, on faisait les corrrdes avec des boyaux de mouton, pas de petits chats, mais c'était il y a très longtemps. » Après, il y avait eu un grand silence. Elle m'avait caressé le menton. Dès cet instant, j'ai commencé à la craindre comme on craint l'hiver.

Et nous avons *trrravaillé.* Des années durant. Moi bien plus qu'Anaïs.

Ni mon labeur acharné, ni les longues et abrutissantes répétitions ne me permirent jamais d'égaler les performances de ma rivale. Combien de fois me suis-je arrêté devant la salle où répétait Anaïs pour essayer, l'oreille collée à la porte, de comprendre le secret de ce son velouté qui vous prenait aux tripes. Avec quelle ardeur ai-je tenté en vain de reproduire avec la même justesse les notes de ce prodige à qui Dieu avait fait le don de l'oreille absolue ? Et combien de fois devais-je rêver qu'Anaïs se tenait derrière moi... Faut-il que je me rappelle ces rêves aujourd'hui ? Elle s'approchait doucement, me saisissait le coude de sa main droite et guidait mes doigts de sa main gauche pour m'aider à produire un passage *veloce* avec la rapidité voulue, cependant que je sentais sur mon cou son souffle léger et tendre. Selon Mme Gorelik, c'était surtout la tendresse de son jeu qui me faisait défaut. En effet, le bras d'archet d'Anaïs avait dans son mouvement la grâce d'une libellule, le mien, celle d'une égoïne. Je la tenais pour un être anormal, espèce de mutant musical ayant pris forme humaine et qui éveillait chez moi ce mélange aigre d'admiration et d'envie que l'on ressent devant le talent.

Le jour de sa disparition, je ne comptais pas sur une leçon avec Mme Gorelik. J'étais perdu dans le souvenir d'Anaïs. Soudain, le téléphone sonna avec *une certaine insistance.* Je reconnus la voix de Mme Gorelik : je devais dans l'heure me présenter au Conservatoire.

Je la trouvai debout devant la fenêtre de sa salle de répétition, dans la lueur pâle du soleil de l'avant-midi, serrant sur sa large poitrine un Sibelius tremblotant dont les miaulements tristes et plaintifs laissaient croire qu'il comprenait le drame qui se déroulait. Peut-être était-il, comme de nombreux chats, affecté nerveusement par la tempête qui commençait à s'abattre sur la ville. Sans même se retourner, contemplant la neige qui tombait sur le toit des maisons, Mme Gorelik me demanda, en scandant chaque syllabe sur un ton *affetuoso* : « Wilhelm, voulez-vous devenirrr hérrros ? »

Dans les circonstances, la question me parut singulière. « Vous voulez que je retrouve Anaïs ? » Il n'était pas exclu, après tout, que la jeune femme soit vivante, peut-être séquestrée, ou en fuite, ou tombée inconsciente quelque part dans la neige. Mais comment aurais-je pu, si jeune et seul, la retrouver dans l'immensité de la ville ? Mme Gorelik hocha la tête en signe de dénégation. « Non. Anaïs disparrrue, j'ai peurrr. Il y a si tant de fous dans cette ville... Il faut fairrre vite, Wilhelm. »

Il y eut un silence. Une larme se fraya lentement un chemin sur le visage sillonné de la vieille Russe. Je la connaissais assez pour savoir ce qui la préoccupait. Depuis des mois, elle préparait Anaïs à un concert qui devait être présenté au Conservatoire en présence d'un important chef d'orchestre américain qu'elle comptait parmi ses amis les plus proches. Toutes les rumeurs couraient d'ailleurs au sujet de ce vieux couple un peu excentrique. Selon certains, Gorelik et Apfelbaum avaient été internés dans le même camp de concentration allemand et libérés par l'Armée rouge par un jour d'hiver glacial. Selon d'autres, Mme Gorelik entretenait depuis des lustres une flamme pour ce Juif allemand qu'elle aurait rencontré à Saint-Pétersbourg lors d'un concours où elle s'était classée deuxième, derrière Apfelbaum. Tristement, le numéro tatoué sur le poignet gauche de Mme Gorelik semblait confirmer la première rumeur. Il va sans dire que jamais elle n'aborda ce sujet avec moi.

Presque chaque année, selon les possibilités, Mme Gorelik livrait au chef d'orchestre un jeune violoniste qu'elle avait formé. Sans Anaïs, elle n'avait plus rien à offrir à ce maestro auquel elle avait promis un prodige et qui avait accepté de faire un si long voyage pour sa vieille amie. Je n'ai jamais compris pourquoi tous les violonistes que Gorelik livrait à Apfelbaum étaient jusqu'à ce jour invariablement des garçons. Cela devait tenir du hasard.

« Accepterrrez-vous de jouer *Concerrrto pourrr violon* de Sibelius à la place d'Anaïs ? »

J'acceptai sur-le-champ, *con tutta forza.* Sibelius miaula de toutes ses forces, comme pour sceller le marché.

Adagio di molto

Le 13 décembre, une semaine après la disparition d'Anaïs, la radio continuait d'émettre ses désolants « Nous sommes toujours sans nouvelles de... » Après avoir fait la une de tous les journaux du pays, sa photo avait été reproduite mécaniquement à l'infini et agrafée sur toute surface verticale à hauteur d'homme. On en avait envoyé une copie aux corps policiers de tous les États-Unis. « DISPARUE DEPUIS LE 7 DÉCEMBRE 1959 », indiquait la légende sous le visage d'Anaïs, dont plus personne ne pouvait maintenant prétendre ne pas connaître en détail tous les traits. L'image était particulièrement attendrissante : sorte de compromis voluptueux et divin entre Marilyn Monroe et Jeanne Moreau, Anaïs posait sur une scène tenant dans la main gauche son violon, dans la main droite, son archet. Son visage irradiait cette dignité de marbre typique à ces jeunes femmes rompues dès leur plus tendre enfance à la discipline de la musique classique.

Les policiers, quant à eux, pataugeaient dans le fleuve de la perplexité, un cours d'eau dont ils connaissent par cœur tous les méandres. À leur décharge, il faut préciser que la disparition d'Anaïs avait coïncidé avec une tempête de neige particulièrement généreuse qui avait laissé sur la ville un bon demi-mètre de neige, rendant à peu près impossibles les recherches dans les lieux sombres et inquiétants où l'on retrouve parfois les jeunes femmes qui, un soir, ne rentrent pas chez elles. On blâma un étrangleur fou, un tueur en série, un désaxé aussi anonyme que diligent qui signait en ce mois de décembre 1959 son quatrième enlèvement.

Toutes des femmes jeunes et jolies qui savaient pourtant éviter ces zones glauques de la ville où jeune chair n'est plus que proie.

Mme Gorelik avait expliqué aux policiers qu'elle avait bien vu Anaïs traverser le parc sous les rayons obliques du soleil de décembre le jour de sa disparition. Elle lui avait même envoyé la main, sanglotait-elle entre deux bouffées de chagrin.

En acceptant de jouer le *Concerto pour violon* de Sibelius à la place d'Anaïs devant cet intimidant Apfelbaum, j'avais tacitement accepté de m'asservir entièrement à ma professeure de violon. Dès la mi-décembre, les heures de répétition commencèrent à s'allonger. Il n'y avait pas une minute à perdre. Il fut décidé que la pratique du reste de mon répertoire, quelques pièces de Mozart et de Bach, serait indéfiniment suspendue.

Le *Concerto pour violon* de Sibelius est considéré par les violonistes du monde entier comme une épreuve technique éprouvante. Il est écrit que le compositeur finlandais n'arrivait pas à jouer son propre concerto et qu'il avait dû, deux ans après l'avoir composé, en présenter une version simplifiée pour en rendre l'exécution possible. Mais possible ne veut pas dire facile. Mme Gorelik l'avait présenté à son examen final au Conservatoire de Moscou, sans jamais préciser, malgré nos questions impertinentes, si cela s'était produit avant, pendant ou après Lénine. Depuis, ce concerto en trois mouvements était devenu pour elle un fait d'armes, l'épreuve ultime qui lui avait permis d'être admise au cénacle de ceux qui ont fait quelque chose de leur vie. Combien de ses étudiants s'y étaient brisé les reins? Impossible de le dire. Mme Gorelik ne parlait jamais des faibles.

Ce que j'avais su, pour l'avoir entendu à travers la porte de la salle de répétition, c'est qu'avant de disparaître, Anaïs avait exécuté de manière quasiment satisfaisante le premier mouvement du concerto, une succession frénétique et ahurissante d'improbables difficultés techniques d'une durée de seize longues minutes, avec ses mélodies plaintives, lointaines et nordiques, presque insistantes dans leur volonté d'annoncer la venue imminente d'une grande tristesse. Je ne suis pas surpris que Sibelius ait composé son concerto en 1905. Tout le siècle qui suivit n'avait amené que cela: des difficultés inimaginables, des mélodies à fendre l'âme et l'impression, au troisième mouvement, de courir à toute vitesse sur un champ de bataille, poursuivi par des chars d'assaut. Le morceau allait à Mme Gorelik comme un gant.

Mme Gorelik accéléra la cadence des leçons dès le lendemain de Noël. La Russe trouva aussi le moyen de me faire répéter avec pianiste au moins une fois par semaine, un exploit logistique dans ce Conservatoire où seuls quelques élus de sa trempe détenaient de tels privilèges. Le morceau fut découpé en mesures, qui firent l'objet d'un examen minutieux. Janvier et février passèrent sans que l'on retrouve la trace d'Anaïs. La neige continuait de tomber presque tous les jours, si bien que les vieux disaient qu'on n'avait pas vu ça depuis 1940 et que, si ça continuait, on en aurait jusqu'en juillet.

J'ai souvenir de cette neige que je regardais tomber par les fenêtres du Conservatoire et de Mme Gorelik qui serrait les dents chaque fois que je commettais une erreur. Il lui arrivait de me frapper assez durement sur la nuque avec une sorte de petit martinet qu'elle réservait d'habitude à ses élèves plus jeunes. À la moindre imperfection, au moindre *vibrato* trop serré, elle poussait des *shhhhhh* sifflants qui envoyaient Sibelius se cacher derrière une armoire. « Douceurrr comme velourrrs il faut faire, Wilhelm ! *Molto moderrrato e trrranquillo !* Rrrégarrrdez comme neige tombe, *modérrrée et trrranquille !* Jouer parrreil comme neige de décembrrre ! » disait-elle en se tenant le chignon. Fin mars, à six semaines du concert de fin d'année, la Russe se déclara satisfaite du premier mouvement tout en décrétant qu'il faudrait « mettre les bouchées doubles », ce qui m'avait fait sourire étant donné que j'avais déjà perdu sept ou huit kilos depuis que je m'étais engagé à jouer devant Apfelbaum.

Allegro ma non tanto

Le Vendredi saint, Mme Gorelik m'accueillit au Conservatoire au petit matin. Elle m'a ce jour-là fait cadeau d'une petite croix en or que je crois avoir encore dans mes affaires. Petit à petit, *poco a poco,* Mme Gorelik occupait des plages de temps de plus en plus longues dans mes journées. Après la disparition d'Anaïs, les cours se prolongeaient et duraient maintenant cinq ou six heures. S'il y a une chose que je peux dire sur cet hiver-là, c'est que je suis resté férocement fidèle à mon engagement et que j'ai fait preuve d'une résistance tout à fait remarquable au régime que m’imposait Mme Gorelik. Une grosse neige molle tombait à Pâques, me rappelant la Finlande de Sibelius, dont Mme Gorelik disait que c’était le plus triste pays du monde. Le concerto de Sibelius était devenu notre unique pensée et notre seule préoccupation. Même Sibelius, le chat, devait probablement commencer à en reconnaître les mouvements.

C’est le lundi de Pâques que Mme Gorelik m’annonça ce qui me parut d’abord comme une plaisanterie : « À parrrtirrr maintenant, il faut trrravailler sérrrieusement, Wilhelm ! » Travailler sérieusement ? J’étais déjà cerné jusqu’aux gencives. J’ouvris la bouche pour parler, mais elle m’interrompit. « Encorrre prrroblème avec tendrrresse de jeu. » Puis elle me tendit une longue boîte de carton entourée d’un ruban bleu. « Ceci devrrrait vous aider. » Mme Gorelik m’avait fait cadeau de cordes neuves pour mon violon. « De Rrrrussie. Les meilleurrres. »

À partir de là, je logeai au Conservatoire, dans un réduit que Mme Gorelik avait fait aménager pour moi. Deux fois par jour, elle me servait un léger repas. Elle m’avait interdit toute viande afin d’éviter que j’aie quelque poussée sanguine dans les deux derniers mouvements du concerto. À ce stade, j'étais trop obsédé par la justesse de mes notes et trop affaibli par trois mois de répétitions abrutissantes pour m'élever contre les prescriptions de ma professeure. Malgré ma faim et mes côtes saillantes, je comprenais que Mme Gorelik craignait que je n'exécute trop robustement les deux derniers mouvements du concerto qui, malgré leur allant presque combatif, exigent d'être joués avec une certaine sensualité. Les cordes dont elle m'avait fait cadeau produisaient un son nouveau à mon oreille. Elles n'avaient pas ce timbre métallique et sec des cordes que j'avais utilisées jusque-là. Ces nouvelles cordes me permettaient, par exemple, de produire d'élégants *glissandos*. Leur son évoquait la tendresse du jeu d'Anaïs, comme une caresse sensuelle qu'elle aurait voulu me transmettre depuis l'au-delà.

Le concert approchait. Il ne restait que trois petites semaines avant le grand soir. Séquestré au Conservatoire, j'avais perdu la notion du temps. Je débroussaillai avec une aisance relative le deuxième mouvement, beaucoup moins long et ardu que le premier. Ce mouvement, évoquant précisément la solitude, prenait dans son aboutissement la forme d'une prière tendue, un dialogue avec le divin. Une main blanche aux ongles taillés court, tentant de s'extraire d'une neige lourde et épaisse.

Le troisième mouvement, en revanche, acheva de faire de moi le zombie de la musique que j'avais toujours craint de devenir et que je suis resté jusqu'à ce jour. Cette musique truffée d'acrobaties me donnait l'impression d'être engagé dans une danse macabre avec Mme Gorelik. Quand je tombais mort de fatigue, la Russe sortait d'une armoire une bouteille de vodka dont elle me versait quelques gouttes dans la bouche pour me redonner vie. Pur feu liquide, cette vodka portait un nom écrit en alphabet cyrillique que je n'arrivais pas à lire. Je n'en ai jamais bu de pareille, et ce n'est pas faute d'avoir cherché. C'est à Mme Gorelik que je dois notamment mon affection toute particulière pour la vodka. Le liquide me redonnait vie. « *Crrrescendo poco a poco !* » criait-elle au mort-vivant qu'elle avait fait de moi et qui allait devoir, quelques jours plus tard, exécuter devant public une pièce musicale d'une difficulté rare.

J'avais conscience de ne plus avoir les doigts gourds et d'avoir surmonté la plupart des difficultés du troisième mouvement. Ce que j'avais perdu de vue, c'était mon apparence. Squelettique, affamé, le visage hâve et dévasté, je tenais debout par la force de mon métronome intérieur. Un, deux, trois battaient les mesures du dernier mouvement *poco a poco più energico,* de plus en plus énergique cependant que je dépérissais à vue d'œil. L'allant et les *crescendo* de cette musique étaient devenus, mis à part la vodka, mon unique carburant, ma seule raison de penser ou de poser un geste. Et ces nouvelles cordes produisaient une musique si infiniment soyeuse que le *molto moderato e tranquillo* semblait être devenu mon jeu naturel.

Il y eut pour toujours un avant et un après dans ma vie : avant Sibelius et après Sibelius. Le reste n'avait plus d'importance. Je me souvenais vaguement de cette première rencontre avec Mme Gorelik, assis aux côtés d'Anaïs. La Russe avait expliqué qu'il y a et qu'il y aurait toujours deux sortes de musiciens : ceux qui veulent se faire valoir grâce à la musique et ceux qui se mettent au service de la musique, sans prendre la peine de spécifier, car la chose semblait aller de soi, auquel des deux groupes il était préférable d'appartenir. Mais perdu dans le labyrinthe de ma stupeur, trois ou quatre jours avant le concert, je n'étais plus au service de rien ni personne. Je n'avais pas non plus envie de me faire valoir aux yeux de quiconque, j'étais, *poco a poco più energico,* devenu la musique.

Deux jours avant le spectacle, j'étais une sorte de compromis émacié et effrayant entre Fred Astaire et Fernandel. Mme Gorelik me servait deux fois par jour une soupe de betteraves rosâtre dans laquelle flottait le matin un œuf dur. Autrement, j'avais droit à quelques tasses de thé noir très fort et deux ou trois petits verres de vodka par jour, surtout au couchant quand je sentais mes dernières forces m'abandonner. Étrangement, Mme Gorelik semblait rajeunir au fur et à mesure que je m'amenuisais comme peau de chagrin. Elle avait des couleurs et des airs qu'on ne lui connaissait plus depuis longtemps. Quand elle descendait à la cafétéria, le midi, pour me laisser prendre une pause de vingt minutes, on la félicitait sur son teint. On s'étonnait de son agilité, de sa vigueur et de sa sérénité.

La veille du concert, Mme Gorelik m'ordonna de me coucher très tôt. Au matin, un soleil radieux éclairait la ville. Pour un 30 avril, le temps était doux. On était loin des brumes et des blizzards scandinaves qui nous avaient accablés des mois durant. Dans les boisés des banlieues, la neige fondait, laissant entendre ce bruissement que fait l'eau quand elle retourne à la terre. Mme Gorelik me laissa dormir jusqu'à midi, moi qui n'avais pas dormi une nuit complète depuis des semaines. Je me levai, tenaillé par la faim et par la terreur. Ce soir était le grand soir. « Avant concerrrt, toujourrrs dorrrmirrr abondamment », disait Mme Gorelik. Elle insista pour que je ne touche pas à mon instrument avant le spectacle.

La salle était pleine. Le concert-bénéfice annuel du Conservatoire était l'un des événements musicaux les plus courus en ville. Toute personne prétendant à une certaine notoriété se faisait un devoir d'y assister. On avait installé au premier rang les parents Fa qui avaient trouvé « bien attentionné » qu'on les invitât au concert où aurait dû triompher leur fille, n'eût été de... À leur entrée dans la salle, ils avaient eu droit à une ovation, moyen qu'avaient trouvé les gens pour transmettre leur empathie au couple qui avait ensuite versé une larme fébrile avant de s'asseoir.

Mes parents étaient venus de très loin, mon père étant à cette époque diplomate à l'étranger.

Maman avait eu maille à partir avec Mme Gorelik, qui refusait catégoriquement que mes parents embrassent leur fils avant le concert. Il ne fallait surtout pas briser ma concentration, avait-elle insisté. Méfiante, maman avait regagné son siège en regardant de travers cette musicienne un peu timbrée qui s'érigeait entre elle et son fils dont elle n'avait plus que très rarement des nouvelles. Les lumières s'éteignirent. Le programme s'ouvrit sur une sonate pour violon et piano de Mozart, interprétée par une jeune fille morte de trac. Suivirent d'autres numéros assez courts, amuse-gueules attendrissants avant la pièce de résistance : le *Concerto pour violon* de Sibelius.

L'orchestre s'installa. Entre-temps, maestro Apfelbaum avait fait une entrée très remarquée dans la salle. Lui et Mme Gorelik se tenaient bras dessus, bras dessous comme s'ils avaient voulu attiser le brasier des vieux ragots. Sibelius suivait le couple d'un pas nonchalant, faisant onduler sa longue queue bleuâtre.

Notre chef arriva sous les applaudissements habituels. Tapi dans les coulisses, je devinais au fond de la salle les yeux de Mme Gorelik, rendus brillants par la vodka. Je fis mon entrée sur scène. « Mon Dieu ! comme il est maigre ! » entendis-je hurler ma mère, qu'on dut faire se rasseoir de force. L'orchestre entama les premières mesures du premier mouvement. À cet instant, la salle entière sentit qu'elle allait vivre un moment musical inoubliable. Les habitués de la musique savent ce genre de choses dès les premières notes. Dans la rangée H, une dame cessa de respirer pendant au moins quarante secondes pour mieux entendre le passage *molto moderato e tranquillo.* Le deuxième mouvement fut exécuté avec encore plus d'expression, toujours dans la douceur.

L'archet montait et descendait sur les cordes que Mme Fa n'arrivait pas à quitter du regard, comme si ces quatre minces traits tentaient de lui transmettre un message personnel et particulier. J'attaquai le troisième mouvement *energico,* comme le commandait Sibelius. Le champ de bataille m'appartenait. Et *poco a poco più energico,* dans les dernières minutes du dernier mouvement, je me souviens d'avoir senti mes pieds se détacher de la scène comme si je m'apprêtais à m'envoler. Dans la salle, le public en état d'hypnose ne respirait plus qu'avec ma permission. Quand enfin tomba le dernier coup d'archet, je trouvai la force de rire, geste inusité qui mit le feu à la salle. On redéfinit ce soir-là au Conservatoire les paramètres de l'ovation debout.

Après le spectacle, dans les coulisses ouvertes à un public restreint, Mme Fa tint à me remercier personnellement pour avoir réalisé le rêve de sa fille. « C'est comme si elle était en partie avec nous. J'entends de sa douceur dans votre musique. Grâce à vous, elle existe encore un peu », dit-elle en caressant légèrement mon violon. Je lui répondis que les cordes neuves que m'avait offertes Mme Gorelik étaient seules responsables de cette sonorité si suave.

Mme Gorelik, résolument ivre, n'eut pour moi que des compliments. « Voilà, Wilhelm ! vous êtes maintenant un hérrros ! Mon petit Amadeus s'est dégourrrdi ! » Et elle porta un toast en levant son verre de vodka, qui fut un de ses derniers, puisqu'elle mourut un an plus tard après une carrière brillante de musicienne et d'enseignante. Sibelius, vieux matou devenu inutile, se laissa mourir de faim peu de temps après la mort de sa maîtresse.

Quelques jours après le concert, le secrétaire personnel de maestro Apfelbaum entra en communication avec moi. J'étais invité à me produire devant l'illustre chef à New York. Le reste de ma vie ne fut plus qu'une longue succession d'ovations debout que je dois à la fois à Sibelius et à Mme Gorelik, qui avait décidé de faire de moi un héros. Et comme à quelque chose malheur est bon, c'est aussi à la disparition de la pauvre Anaïs que je dois l'immense succès que fut ma vie.

On avait retrouvé, à la fonte des neiges, le corps d'Anaïs dans un parc pas très loin de chez elle. Pour une raison obscure, le tueur, probablement un désaxé sadique, l'avait *con tutta forza* vidée de ses entrailles. La police rendit à Mme Fa le violon d'Anaïs, qu'elle garda comme une pâle relique de sa fille virtuose. En remettant l'instrument à la mère depuis longtemps résignée à la disparition de sa fille, l'inspecteur ne trouva pas la force de mentionner les horribles mutilations. Il y a des choses dont on ne parle pas.

Je me souviens de tout cela ce matin. Il faudrait que je rejoue une fois ce concerto. Cet hiver peut-être, je m'y mettrai. Je me demande si j'en serai encore capable. Mais avant de penser à tout cela, il me faut ma petite vodka matinale pour me secouer un peu. Le reste suivra. « Trrravailler, toujourrrs trrravailler. » Un héros, il faut que ça travaille.

Stéphane Lafleur

Je vis comme je suis né. La tête en bas. Les pieds en l'air. À l'envers. À reculons. À rebrousse-poil. Je suis incarné comme un ongle est incarné lorsqu'il pénètre dans la chair, lorsqu'il retourne vers l'intérieur. Pissou de première classe, de mère en fils et de père aussi un peu, beaucoup. Peur d'avoir peur. Du noir. Du vide. Du couvre-lit pas propre dans la chambre de motel. Du plancher de la douche publique. Des sangsues dans le lac. Peur des maniaques. Peur de la police. Peur de tout ça et du reste. Mais surtout, peur d'en manger une. Une fois. Une bonne.

Je ne me suis pourtant jamais battu. Pas d'éraflures dans mon dossier. Pas de nez qui saigne. Pas de lèvre fendue non plus. À peine mordu Benoit B en troisième du primaire. Avait ramené à la maîtresse son bras comme un trophée, pointant l'empreinte de mes dents au milieu d'une ecchymose mauve incertain. C'était il y a longtemps. Juste avant Martin Lauzon, petit boss des bécosses, qui ne voulait pas nous laisser passer dans sa rue. Il s'assoyait à califourchon sur la roue avant de mon BMX et en tenait solidement les poignées. Ça finissait quand sa mère l'appelait pour souper. Plus de peur que de mal. Mais tout de même. Une sorte d'avant-goût du possible et du redoutable.

100

Quand on a entendu dire que Pascal Roussel allait en manger une, on savait qu'il fallait être là. C'était pour vendredi, à L'Escalade. Une histoire de fille. Roussel aurait sifflé la grande Isabelle pendant le cours d'éducation physique. Durand, pas content, aurait dit à Roussel qu'il allait en manger une, vendredi, à L'Escalade.

Ce n'est pas que la grande Isabelle soit officiellement avec Durand, mais tout le monde sait qu'ils finiront ensemble d'une manière ou d'une autre. C'est bien connu que les beaux finissent ensemble. Isabelle et Durand n'y échapperont pas. Comme une évidence. Une règle royale incontournable. La beauté avec la beauté. Les autres s'arrangent avec les restes. Triste mais vérifié.

La rumeur de l'affrontement a fait le tour de la cafétéria en moins de temps qu'il n'en a fallu à Joanie Grandbois-Bureau pour réchauffer son lunch de fille unique dans le micro-ondes. Il n'y avait pas eu pareille agitation depuis l'épisode des pilules dans le café de Mme Gauvin. (La pauvre femme avait dû interrompre sa classe d'anglais, prise d'un malaise soudain. On l'aurait même aperçue, quelques minutes plus tard, suant à grosses gouttes dans les toilettes des filles, ravalant morve et gros rouleaux de larmes. Bien que l'attentat n'ait jamais été revendiqué officiellement, plusieurs croient qu'il s'agissait d'un coup monté par Thibault et sa gang, à qui l'on devait les bombes puantes de l'année précédente. D'autres pensent plutôt qu'il n'y a jamais rien eu dans la tasse de la Gauvin et qu'elle a simplement souffert d'une « affaire de madame ».)

Pour faciliter notre escapade du vendredi, Pichette nous propose de dormir chez lui. Ce sera l'excuse parfaite. Sa mère n'est jamais là depuis que ses parents se sont séparés il y a deux ans. Quand Jubinville, fils de police, lui dit qu'il est vraiment chanceux de pouvoir faire ce qu'il veut quand il veut, Pichette ne dit rien et moi je fais pareil. Je sais que tout cela ne fait pas son affaire. Sa mère traîne comme une traînée et ramène tout ce qui bouge à la maison. Depuis, Pichette partage ses déjeuners avec des Gaëtan, des Maurice, des Michel, des Daniel, des moustaches de lutteur, des barbes de chômeur, des peignés sur le côté, des chauves optimistes, des fumeurs patchés, des chemises rentrées trop loin dans les culottes, des faces de bons à rien, des diplomates de pistes de danse, des motards de fin de semaine, des Chevaliers de Colomb, des aiguiseurs de patins diplômés, des payés en dessous d'la table, des vendeurs de chars accidentés, des divorcés compulsifs, des débrouillards cinquante, des arroseurs d'asphalte, des prometteurs de menteries, des flaireurs de conspirations et des comiques de chez-pas-drôle. Pichette, ça ne fait pas son affaire. Jubinville ne voit rien de tout cela. Jubinville ne voit jamais rien de toute façon.

Pichette dit qu'il nous faudra de la bière. Jubinville dit que c'est impossible pour lui, que le frigo familial est sous clef, surveillé, directement relié à la centrale. Toujours des excuses avec Jubinville. Il ne reste que moi. Volerai trois bières tablette dans la caisse de mon père. Trouverai plus tard une manière de camoufler la disparition. Le reste, c'est des détails. Le plan est simple. Rendez-vous après l'école chez Pichette. Macaroni au fromage. On attendra que le soleil tombe et on partira.

Je croise Magalie Simard dans le corridor, juste à côté de son casier. Pas sur mon chemin, mais un détour est si vite arrivé. Magalie Simard, équipe de volley-ball. C'est d'abord de dos qu'elle m'a séduit, l'ordre alphabétique voulant que je sois assis juste derrière elle en classe. Six mois que je rêve à ses cheveux frisés. Quand Jubinville dit qu'elle doit avoir des seins extraordinaires, moi je lui dis de fermer sa grande gueule. Deux ans de collège privé dans une école de garçons ont fait de Jubinville un obsédé sexuel de la pire espèce. Il ne parle que de ça, sans preuves à l'appui. Quand les parents comprendront que ce sont souvent les éducations les plus strictes qui donnent les enfants les plus tordus, le monde changera peut-être. Pour l'instant, Jubinville sort sa langue sale à qui veut l'entendre, et même à ceux qui ne veulent pas.

Je ralentis le pas devant Magalie Simard. Je l'entends parler de L'Escalade à une amie. Elle sera là. Peut-être ma chance. Peut-être que c'est pour nous, au fond, que Roussel en mangera une. Pour nous réunir au même endroit, Magalie Simard et moi, sous les étoiles de L'Escalade.

Vendredi. J'arrive chez Pichette. Jubinville est déçu de ma cueillette. Trois bières à trois. Pas fort, qu'il dit. On voit bien que ce n'est pas lui qui a traîné ça toute la journée. Je ne me gêne pas pour lui dire. Pichette prend ma défense. On ira au dépanneur. Pas l'âge. Pas de barbe. Peu de chance. Moi, trop petit avec des bras trop longs. Jubinville, le visage ravagé par l'acné, la peau séchée. Une belle grosse face de millefeuille due à un traitement très-très-puissant-qui-peut-potentiellement-rendre-stérile-mais-ça-fonctionne-vraiment-bien (un problème à la fois, qu'il dit). Reste Pichette, qui a le sourcil fourni et foncé. Ça lui donne une assurance naturelle. Il sera notre homme.

On vide nos poches. Presque rien, mais juste assez.

La femme du dépanneur nous accueille avec une voix de cendrier. Son bronzage synthétique lui donne une allure de gant de baseball. Pichette disparaît dans le réfrigérateur. Jubinville me donne du coude pour attirer mon attention. Il y a quelque chose dans le cou de la femme-cendrier. J'aperçois un tatouage que ses longs cheveux fatigués par trop d'années de teintures ne suffisent plus à dissimuler. Le tatouage est pâle, mais on y reconnaît sans effort le sexe d'une femme. Légèrement entrouvert, avec quelques poils autour. Un dessin maladroit, mais détaillé, qui laisse plus de place au dégoût qu'à l'imagination. Je n'ai jamais rien vu de pareil. J'essaie de comprendre. Quelle série d'événements improbables, quelles circonstances malheureuses ont pu justifier le choix de ce dessin, buriné dans le cou, à la vue de tous? Comme un doigt d'honneur pointé en permanence vers le monde entier. La force de l'image m'aspire. Je pense à Magalie Simard pour penser à quelque chose de beau. La voix de cendrier me ramène à l'ordre.

« Grosse veillée, messieurs ? »

Détourner les yeux pendant que Pichette dépose la bière sur le comptoir. Jubinville est hypnotisé par le tatouage. Je le sais. Je le vois du coin de l'œil. La voix de cendrier nous demande si ça sera tout. Pichette sort l'argent de ses poches. J'admire sa confiance. Tête haute. Regard clair. Mouvements fluides. Pas le genre à s'enfoncer le ciboulot dans un trou. J'envie son calme. Je voudrais être lui pendant un instant. Il ne lâche pas la femme-cendrier des yeux. Elle ne pense même pas à douter de son âge. Elle lui offre même son plus beau sourire. Quelque part ailleurs, au même moment, dans une autre dimension, ils ont possiblement une histoire.

« C'est beau le dessin dans votre cou. »

C'est la grande gueule de Jubinville qui vient de se faire aller. Sa grande trappe de pas d'allure. Gros silence dans le Couche-Tard. La femme-cendrier baisse les yeux. Je la devine rougir de honte sous sa pelure de bronzage. Regard assassin de Pichette à Jubinville. Ramasser la caisse de bière. Prendre la monnaie. Sortir.

Une fois dehors, Jubinville éclate de rire. Pichette ne rit pas. Je l'imite. C'est comme ça entre moi et Pichette. On n'a pas besoin de se dire les choses pour savoir qu'on pense pareil. Jubinville nous trouve plates. Il le dit avec des mots pour être bien certain que l'on sache qu'il nous trouve plates. Pichette lui demande pourquoi il faut toujours qu'il ouvre sa grande trappe de Jubinville quand ce n'est pas le temps d'ouvrir sa grande trappe de Jubinville. Il a failli tout faire rater. Jubinville ne comprend pas pourquoi Pichette s'énerve. La bière est là. Il en veut une. Pour la route, qu'il dit. Pichette lui dit qu'il ne mérite rien du tout parce que les gros caves comme lui ne méritent rien du tout. Il insiste sur le mot « cave » comme je n'ai jamais vu Pichette insister sur quoi que ce soit. Jubinville répond qu'au moins, sa mère à lui n'est pas une maudite traînée.

Il y a ensuite une seconde qui dure un siècle. Pichette ne dit plus rien. Il me regarde. Pour vérifier. Je ne sais pas quelle face j'ai dans le visage, mais j'espère que c'est la bonne.

Le reste du chemin se fait dans le silence.

Pour se rendre à L'Escalade, c'est très simple. Quand tu arrives devant la maudite-grosse-maison-de-riche de Nancy L, dans le domaine Parent, il faut tourner à droite sur la rue Tassé. Au bout, trois blocs de ciment empêchent d'aller plus loin. Il faut prendre le sentier derrière. Vingt minutes de marche dans la forêt noire. Ça monte et il y a de la boue. Tu sauras que tu approches quand tu commenceras à entendre des voix et des cris. Tu verras au bout de la dernière courbe les premières lueurs d'un immense feu de camp. Tu reconnaîtras quelques visages autour. Des visages familiers, croisés à l'école. Il y aura beaucoup de monde. Tu entendras le claquement des bouteilles. Tu verras des couples s'éloigner discrètement du feu et disparaître dans la forêt. Ce sera exactement comme tu l'as imaginé. Il y aura quelques garçons juste un peu trop vieux pour être là et des filles juste assez naïves pour s'intéresser à eux.

Tu la chercheras des yeux dans l'agitation ambiante. Tu ne remarqueras même pas les jumeaux Wilson, roux comme des chats roux, partager une cigarette trop mince et rire plus fort que les autres. Tu ne porteras pas attention à la musique provenant d'un coffre de voiture et tu te demanderas encore moins comment cette voiture a pu se rendre jusqu'ici. Tu ne verras pas non plus Jubinville s'éloigner et échanger une poignée de main secrète avec la gang de Thibault. Tu ne verras pas la grande Isabelle faire semblant de rien au milieu de tout cela, comme si elle ne savait pas ce que tout le monde attend. Tu ne remarqueras même pas qu'elle s'est fait couper les cheveux pour l'occasion. Tu entendras à peine Pichette prononcer ton nom.

C'est à ce moment que tu la reconnaîtras. De loin. De dos, bien sûr. Magalie Simard. Tu la verras discuter avec un des gars trop vieux pour être là. Elle lui sourira de ses belles dents blanches. Tu remarqueras ses cheveux de laine éclairés par les flammes. Ils te sembleront encore plus beaux que dans ton souvenir. Tu contempleras la forme de ses « seins extraordinaires » et tu envieras pour la première fois Jubinville d'être capable de dire ces mots à haute voix sans rougir. Le gars un peu trop vieux s'avancera pour embrasser Magalie Simard, et tu verras Magalie Simard se laisser faire. Volontaire. Et soudainement, tu comprendras pourquoi Durand veut en faire manger une à Roussel. Quelque chose se brisera en toi et tu ne seras plus jamais le même.

Comprendre en une seconde toute la violence du monde depuis le début des temps. Goûter la rage pour la première fois. Boule de bave épaisse.

Sirop de mélasse chaude qui coule dans le sang. Souffle au cœur. Comprendre l'envie de mettre le feu. De cracher au visage. De crier des noms. L'envie de voir la douleur se figer sur le visage de l'autre, sans aucune forme de regret. Comprendre le besoin de faire mal. Comprendre l'idée de la vengeance. Vouloir l'appliquer. Comprendre pendant une infime fraction de seconde toute la haine. Comprendre qu'elle a toujours été là, au fond de soi, tel un feu de braise en attente d'un courant d'air. Comprendre ce que Pichette peut ressentir chaque matin, devant ses beaux-pères temporaires. Repenser finalement au tatouage de la femme-cendrier, et comprendre cela aussi. Comprendre pourquoi. Un moment de lucidité totale. Comme un tout, précis et confus en même temps.

Elle est là, Magalie Simard, la bouche pleine de cette langue étrangère et le corps envahi par les deux mains qui viennent avec. Recevoir cette image comme un coup. Un grand coup de poing anticipé depuis toujours. Sentir la douleur qui traverse le corps de bord en bord. Comme au ralenti. Et pour la première fois, en manger une. Sans égratignures. Sans bruit de mâchoire qui se déboîte. En manger une pareil. Une bonne.

Passer à travers la secousse. En sortir plus fort. Et maintenant, apprendre à vivre avec la colère, comme un nouveau pouvoir à apprivoiser.

Pichette me fait signe de le suivre. Il a tout vu. Il a vu mon œil chavirer et mes poings se durcir. Il ne dit rien et dans son silence je comprends qu'il me dit d'oublier ça.

Ni Roussel ni Durand ne se sont pointés à L'Escalade ce soir-là, mais l'odeur du feu est restée dans mes vêtements.

Nicolas Langelier

C'est la dernière journée des vacances, et Simon trouve que ça paraît. Peut-être à cause de la tranquillité bizarre qui règne, de la tristesse floue, comme si l'univers au complet savait que l'été des quinze ans de Simon se termine dans quelques heures. Une sorte de deuil cosmique, si ça se peut. Même les oiseaux semblent avoir disparu — est-ce qu'on ne devrait pas entendre des chants d'oiseaux, au milieu d'un beau dimanche après-midi de la fin août ?

Simon se dit que oui, on devrait entendre des oiseaux. Mais en même temps, il n'y a jamais porté attention avant, à cette question de savoir si d'habitude on entend ou non des chants d'oiseaux, au milieu de l'après-midi, à la fin août. Pas que ce soit super-important, bien sûr. Mais bon, Simon a le temps de penser à tout ça : il attend devant la maison de Lisa-Marie Diaz depuis maintenant plus de trente minutes, et il n'y a pas grand-chose d'autre à faire que de réfléchir, quand on attend devant une maison dans une rue tranquille de l'est de Montréal.

Six choses qu'il faut savoir à propos de Lisa-Marie Diaz, avant d'aller plus loin :

1. Quand elle entre dans une pièce, tout le monde se tourne vers elle, de la même manière que les gens se tournent vers une percée de soleil au milieu d'un orage.

2. Elle a une façon adorable de ronger ses stylos, et un jour, Simon a profité du fait qu'elle était partie poser une question au professeur pour lui en voler un. Ce stylo, marqué par ses dents blanches et droites, se trouve maintenant dans le tiroir de la table de chevet de Simon.

3. Son chien s'appelle Saku en l'honneur de Saku Koivu, l'ancien capitaine des Canadiens de Montréal.

4. Elle joue du piano et du cor français et un peu de guitare. Quand on lui demande pourquoi elle a choisi le cor français, elle répond toujours : « Pourquoi pas ? »

5. Sur l'étui dans lequel elle transporte son instrument, il y a : des autocollants de groupes anglais, suédois et new-yorkais que personne à l'école ne connaît, un autocollant qui proclame « Non, je ne suis pas en fugue, ceci est un instrument de musique », une photo de Tina Fey collée avec du ruban adhésif, ainsi que ses initiales, LMD, en fausses pierres précieuses. Il y a aussi, tracée au liquide correcteur, la phrase suivante : *Make up your mind, make up your own mythology*[1].

6. C'est la fille la plus belle et brillante et parfaite que Simon connaît.

Cela dit, pour revenir à Simon, il n'est pas tout à fait *devant* la maison de Lisa-Marie Diaz. Il aurait l'air trop bizarre, si elle le surprenait, traînant comme ça devant chez elle. Alors il est posté un peu en biais, de l'autre côté de la rue. Il se trouve, pour être tout à fait précis, devant la maison des *voisins* de Lisa-Marie.

Mais il voit très bien sa maison à elle, bien sûr. Les fleurs des plates-bandes, leur alternance de taches rouges, blanches et orange. Le vélo mauve

1. Décide qui tu es, décide en quoi tu crois.

de Lisa-Marie appuyé contre le mur de côté, au milieu des jouets de son petit frère. À travers la fenêtre du salon, il voit même que la télévision est allumée, et qu'il y a une horloge accrochée au mur, le genre d'horloge avec un gros pendule qui marque chaque seconde : tic-tac, tic-tac... Pour Simon, c'est ce qui reste de son été qui fait tic-tac, ce jour-là.

Il n'est jamais entré chez Lisa-Marie. Le plus près qu'il s'en est approché, c'est cette fois — *la* fois — où il l'a raccompagnée chez elle, après les cours. C'était l'automne précédent, alors que Lisa-Marie était encore nouvelle à l'école, timide comme on l'est toujours quand on arrive dans une école où on ne connaît personne, où on n'a pas de gang, où on ne sait même pas où se trouvent les toilettes.

En fait, de dire qu'il l'a raccompagnée est un peu exagéré. Plus exactement, Simon s'était arrangé pour avoir l'air de revenir à la maison en même temps qu'elle, une « coïncidence » minutieusement planifiée — et ils avaient fait le trajet ensemble. Il y pensait depuis le jour de la rentrée, à cette idée de raccompagner Lisa-Marie chez elle. Depuis, pour être exact, ce moment où elle avait levé un long bras bronzé quand le professeur avait dit son nom durant la prise des présences et que Simon avait tout de suite ressenti le désir très fort d'être son chum. D'avoir la mention « En couple avec Lisa-Marie Diaz » sur sa page Facebook. De la tenir par la taille et la main et le cou, de l'embrasser quand il voulait, devant qui il voulait. De tout faire avec elle : des activités, du camping, du necking, des projets pour l'avenir.

Sur le trottoir devant la maison de Lisa-Marie, ce jour où il l'avait raccompagnée, il était resté seulement le temps qu'elle déverrouille la porte et l'ouvre. Juste assez pour apercevoir les murs rouge vin du vestibule, et une sorte d'arrangement de fleurs séchées posé dans un ancien bidon de lait en métal, dans un coin de l'entrée. Puis Lisa-Marie avait refermé la porte en lui criant « Merci », et ç'avait été tout. Le lendemain, à l'école, ils s'étaient salués d'un signe de tête, comme d'habitude — ni plus, ni moins.

Chaque jour, depuis, Simon repense à ce qu'il aurait pu faire ou dû faire plutôt que de bêtement laisser Lisa-Marie rentrer chez elle. Il a de la difficulté à croire qu'autant de temps s'est écoulé. Presque une année complète.

Tout l'automne, tout l'hiver, tout le printemps et tout l'été qui se termine aujourd'hui, Simon a fait des plans, mis au point des stratégies pour obtenir la seule chose qui compte vraiment pour lui : faire savoir à Lisa-Marie combien il pense à elle sans arrêt, le jour, la nuit, au gymnase quand il la voit grimper aux espaliers ou lancer un ballon de handball, pendant les cours de mathématiques et qu'il observe la grâce de sa nuque ou la courbe de sa poitrine, et à plein d'autres moments où elle n'est pas devant lui mais où elle occupe ses pensées quand même.

Ces plans étaient très bons, en théorie. Mais ils avaient tous une faille : ils nécessitaient que, à un certain moment, Simon trouve en lui le courage nécessaire de dire à Lisa-Marie qu'il l'aime. Mais chaque fois que le temps est venu de mettre un scénario à exécution, le courage de Simon disparaît, comme la tête d'une tortue qui se cache dans sa carapace, et chaque fois il doit remettre ses plans à plus tard, attendre une autre occasion, « meilleure », plus favorable.

Raconter ici la façon lamentable dont ces plans ont échoué serait inutilement cruel. Contentons-nous de trois images auxquelles Simon repense souvent :

1. Lisa-Marie souriante et qui fait oui de la tête après que Dimitri Hargov lui eut demandé de danser le slow de fin de soirée avec lui au party de Chloé Dumont-Martel, cela sans aucune considération pour Simon, qui avait planifié faire exactement ça, demander à Lisa-Marie de danser un slow avec lui (et Simon qui s'empresse donc de quitter le party en se maudissant d'avoir trop attendu, sacrant à voix haute dans la douce nuit d'avril).

2. L'expression sur le visage de Simon, très tôt un samedi matin de février, quand il réalise que Lisa-Marie n'est pas à bord de l'autobus jaune qui les emmènera, lui et quelques nerds à qui il n'a pas la moindre envie de parler, au Musée des sciences et de la technologie du Canada. Il avait fait le pari absurde qu'elle y serait, après l'avoir entendue poser une question au sujet de cette visite à un professeur. Sa consternation à l'idée qu'il devra se taper un aller-retour Ottawa-Montréal, une journée complète dans ce maudit musée, les blagues plates des nerds autour de lui, et tout ça pour rien, rien, rien.

3. Une lettre non envoyée qui traîne au fond du tiroir de sa table de chevet, à côté du stylo mordillé.

Pourtant, d'aussi loin qu'il peut se souvenir, Simon a toujours pensé qu'il avait l'étoffe d'un héros. Quand il regardait des films de guerre ; quand il jouait à des jeux vidéo ; quand il regardait des matchs de hockey à la télé ; quand il écoutait du hip-hop ; quand il lisait des bandes dessinées à propos de pilotes d'essai, ou de chevaliers, ou d'explorateurs, il se disait que lui aussi, à la place du soldat ou du joueur ou du chevalier ou de l'explorateur, il aurait agi de manière héroïque, courageuse, téméraire. Ça allait de soi. Il n'y avait aucun doute dans son esprit, et il en était très fier, de ce héros qui sommeillait en lui, n'attendant que les circonstances appropriées pour se manifester.

Mais là, cette histoire avec Lisa-Marie (cette non-histoire, plutôt) est devenue gênante. Il en a un peu honte, même. Est-il possible qu'il ne soit pas du tout le héros qu'il a toujours pensé être ? C'est une question très troublante, pour Simon.

Quoi qu'il en soit, c'est la rentrée le lendemain, et qui sait ce qui peut se passer, à partir de là ? Peut-être que dans la classe de Lisa-Marie, il y aura un nouveau, un beau gars un peu rebelle, expulsé de son école privée, et de qui elle tombera amoureuse. Comment ce petit bum pourra-t-il faire autrement que de tomber en amour avec elle aussi, brillante et parfaite et superbe comme elle est, avec ses cheveux si noirs et ses dents si blanches et sa peau basanée même au beau milieu de février et ses jambes et le reste qui vous fait vous mordre la lèvre en secouant la tête ? Ou peut-être que Lisa-Marie sera simplement trop absorbée par ses études, elle qui veut être acceptée en sciences pures dans l'un des meilleurs collèges. Ou peut-être encore que ce sera la musique qui occupera tout son temps, et qu'il ne lui en restera pas pour autre chose, surtout pas pour un gars qui n'a pas une once de courage en lui.

Mais reprenons notre histoire : Simon est devant la maison de Lisa-Marie depuis presque quarante-cinq minutes maintenant. Il a chaud, il a soif, le soleil plombe sur sa nuque. Lisa-Marie ne semble pas vouloir sortir de chez elle, si elle s'y trouve bel et bien. Mais il n'arrive pas à faire cette chose pourtant toute simple : traverser la rue, puis emprunter l'allée du bungalow de la famille Diaz, monter les marches du perron, sonner et dire « Salut Lisa-Marie, je passais dans le coin. Ça te tente d'aller au parc ? »

C'est à ce moment que quelque chose d'inattendu se produit : en tournant les talons, Simon se retrouve face à face avec Lisa-Marie. Était-elle là depuis longtemps, à l'observer observant sa maison, ou venait-elle juste d'arriver ? Simon est pris de court, Lisa-Marie le regarde avec un air perplexe.

— Salut Simon.

— Salut.

— Qu'est-ce que tu fais ?

— Rien. Rien. Je veux dire… Je passais dans le coin.

Il y a un long moment de silence, pendant lequel Simon remarque qu'un rayon de soleil, traversant de façon intermittente l'arbre derrière eux, tombe directement sur Lisa-Marie et fait briller ses cheveux, comme si un technicien dirigeait un projecteur sur elle.

Simon finit par pointer son menton en direction de sa propre maison :

— Bon, ben, je vais y aller.

— OK, à demain alors !

Simon fait oui de la tête et regarde, impuissant, Lisa-Marie qui se dirige vers chez elle.

Mais, sans que son cerveau ait vraiment autorisé cette action, Simon fait alors quelque chose qui le surprend lui-même : « Lisa-Marie ! »

Elle se retourne, surprise elle aussi. Étrangement, Simon pense à l'inscription sur l'étui de l'instrument de musique de Lisa-Marie : *Make up your mind, make up your own mythology.* Il lui semble qu'il y a une leçon pour lui, là-dedans. Il jette un coup d'œil au ciel bleu, cherche ses mots... Puis il se racle la gorge et demande : « Demain matin, veux-tu que je passe te chercher et qu'on aille à l'école ensemble ? »

Difficile de dire ce qui se passe vraiment, à ce moment-là. Peut-être que Lisa-Marie répond tout de suite. Mais dans la perception de Simon, il y a un interminable silence. Comme si la vie se déroulait tout à coup au ralenti, à la manière d'une reprise dans un match de hockey. Le vent qui agite doucement les érables bordant la rue. La peau bronzée de Lisa-Marie, ses boucles d'oreilles (neuves, peut-être ? Simon ne se souvient pas de les avoir vues avant). Le ruban rouge qui retient ses longs cheveux noirs, flottant au vent lui aussi. Une voiture grise qui passe derrière Lisa-Marie, au ralenti comme tout le reste, ou alors juste très lentement.

Dans la tête de Simon, une pensée se forme alors : un jour il serait vieux, dans un monde sûrement très différent, et il y aurait du gris sur ses tempes et des rides sur son visage, mais il se souviendrait quand même de façon très nette de ce moment, quand il avait quinze ans et que Lisa-Marie avait quinze ans elle aussi et qu'elle était lisse et parfaite et juste là devant lui, dans la lumière dorée de la fin de l'après-midi et l'odeur de gazon coupé et le tchik-tchik-tchik des arroseurs rotatifs et oui, après tout, le chant d'un oiseau, quelque part au loin. Simon a l'impression qu'il pourrait rester des heures dans cet instant, avec le temps comme arrêté, et le présent et l'avenir qui se superposent comme les ensembles communs dans un diagramme de Venn.

Finalement, après une longue minute ou une fraction de seconde, on ne le saura jamais, Lisa-Marie sourit, replace une mèche de cheveux derrière son oreille et dit « Pourquoi pas ! » Puis elle se retourne une dernière fois et rentre chez elle. La vie a retrouvé sa vitesse normale.

Simon ? Simon est content. D'accord, ce n'est pas tout à fait ce qu'il avait en tête, tout au long de cet été où Lisa-Marie a monopolisé ses pensées. Il n'y a pas eu de baisers sur un banc de parc, ni de suçon dans le cou, et encore moins toutes ces choses qu'on peut faire dans un sous-sol quand les parents sont partis. Mais le lendemain matin, il y aura elle et lui, arrivant ensemble à l'école. Elle : toute belle dans son nouvel ensemble de la rentrée. Lui : portant ses Adidas neufs, fier d'avoir Lisa-Marie à ses côtés. Et une dernière année de secondaire qui s'amorcera avec le sourire un peu plus vrai, le torse un peu plus bombé, avec l'odeur des cheveux de Lisa-Marie Diaz qui rendra tout plus facile, plus supportable. Ce sera une très belle année, Simon peut déjà le sentir.

Bertrand Laverdure

C'est en recevant la seconde version de mon essai avec la note D que j'ai décidé de me venger.

Ma prof de français est une greluche, une maudite fille mince avec des airs de tortionnaire nazi. Elle respire du français, mange du français, va aux toilettes en français et corrige même mes interventions verbales. C'est une maniaque. J'ai vraiment envie de donner une leçon à la folle.

Ce n'est pas compliqué, je la hais.

Comment se venger d'une professeure de français? J'en ai discuté avec Miguash et Lorenzo à l'heure du dîner. Miguash est un sentimental, il trouve toutes les filles délicates et douces, et il n'arrive pas à faire la part des choses. C'est un sirupeux de bonne famille. Il est irrécupérable: il va lécher des bottes et, au mieux, il se retrouvera avec une compagnie de nettoyage. Petite boîte et hop! dans les poubelles, le Miguash.

Deuxième avis. Lorenzo m'a écouté attentivement. Lorenzo veut toujours comprendre, il dit sans arrêt que tout le monde mérite le respect. J'ai juste des amis angelots ! Lorenzo est persuadé que cette fille-femme a eu des problèmes avec sa famille et qu'elle nous fait subir son malheur en nous persécutant. Perspicace, le Lorenzo. D'accord, il a un bon point, il est moins con que le Miguash, mais ça ne m'aide pas. Faudrait que je me laisse faire alors ? Que j'accepte les crises de D de ma prof, que je me transforme en lavette (genre tapis persan sophistiqué sur lequel elle essuierait son caca d'enfance) ?

Niaiseries ! Non, vraiment, Lorenzo est aussi nul que Miguash finalement ! Ils déclinent leurs conneries avec un aplomb qui me sidère ! Wow ! C'est ça, l'amitié ? On vous apprend à baisser les bras, à accepter votre sort, à vous familiariser avec la platitude ! Non mais ! Tout de même ! Note pour moi : remplacer les amis défectueux. Mais pour le moment, le temps presse, je dois dénicher des durs, des pas-de-quartier, des sans-compromis qui prennent la vie à bras le corps et qui refusent de se laisser charrier dans le fleuve des événements comme des maudits billots de pitoune passifs et cons !

Des maudits billots de pitoune passifs et cons! C'est ça, mes amis! Des vieux morceaux de bois qui attendent que les vers les grugent! Je suis tanné de me faire marcher sur les pieds. C'est à mon tour de porter les grosses bottes et d'écraser des orteils! Y a une limite à l'humiliation!

Je n'ai pas le choix. Ils sont quatre. Il va falloir que j'aille fraterniser avec les frères Vixen.

Les frères Vixen, ce sont des légendes vivantes. Personne n'ose leur parler. Ils n'ont pas l'air très intelligents, mais ils forcent le respect. À quoi ça sert d'être intelligent si on est un automate qui obéit trop bien? Qui peut me nommer un personnage historique qui pratiquait l'obéissance épaisse? *Nobody.* Ça n'existe pas les carpettes historiques, les hommes puissants qui marchent à quatre pattes et rentrent chez eux en empruntant le portillon du chat de la porte de derrière. On ne va pas loin en obéissant bêtement. On ne prend pas de risques, mais on ne va pas loin.

Les frères Vixen ne vont pas à l'école. Ils vivent seuls dans une grande maison près du parc. Il y a toujours du bruit le soir, chez eux, de la musique forte.

Quelquefois on aperçoit la police stationnée dans leur entrée. On dit: « Ils sont déjà allés en prison. » Mais qui peut prêter foi aux gens qui répandent les on-dit ? Leurs semblables, ceux qui n'ont pas de courage et qui colportent des ragots au sujet de tout le monde. Ceux qui n'ont pas de vie bavassent sur ceux qui en ont une. Le monde tourne ainsi, les souris jacassent et les chats règnent. On a peur des chats, alors on parle contre eux, ça nous rassure, pendant quelques secondes la bravoure nous rend beaux, puis dès qu'on nous dit de continuer à travailler ou de ne pas oublier nos devoirs, tout revient à la normale. Triste. L'hypocrisie est une maladie d'esclave.

Je suis décidé, j'y vais.

C'est en pleine forme et avec de la conviction en surplus que je me présente chez les Vixen. Tout va bien. Il y a une sonnette rouge sur le côté droit du cadre de la porte. J'hésite, puis je me convaincs que frapper est préférable pour leur faire part de ma détermination. Cogner, c'est plus viril. Je cogne donc. Cinq coups. Puis deux autres. Silence.

Le plus vieux des frères me répond, après une attente d'environ deux minutes. C'est une éternité, deux minutes devant une porte fermée, mais je résiste à ce premier test. Le frère Vixen qui est devant moi s'appelle Jhork.

Jhork:...

Moi: Bonjour. J'ai une commande.

Jhork: On est pas une pizzeria.

Moi: C'est du sérieux.

Jhork: Qu'est-ce tu connais aux choses sérieuses, le jeune?

Moi: J'ai besoin d'aide.

Jhork: Nous autres, on a pas besoin de gens «qui ont besoin d'aide». *Scrap it, kiddo*[1]*!*

1. Traduction libre du mauvais slang des frères Vixen: «Dégage, le jeune!» La formule correcte en slang aurait dû être: «Get out of here» ou «Buzz off!» Plusieurs autres formulations existent, que nous ne pouvons reproduire ici compte tenu de leur extrême vulgarité.

Moi : Je veux me venger d'un professeur.

Jhork : Sais-tu ce que ça veut dire *scrap it* ? R'tourne chez vous, l'kid.

Le plus vieux des frères Vixen ressemble à un moine tibétain avec des yeux de zombie. Je refuse d'avoir peur et je m'oblige à rester devant lui. Je prends le temps de le dévisager, ne serait-ce que deux ou trois secondes. Je ne mets pas beaucoup de temps avant de saisir son état d'âme.

Un coup de poing brutal vient terminer sa trajectoire sur ma joue gauche. Je tombe sur les dalles de l'entrée. Jhork claque la porte. Par terre, je prends le temps de réfléchir. Un obstacle ne va pas m'arrêter. Rome ne s'est pas construite en un jour.

Je ne me sens pas défait pour autant. Ma résolution est prise et cette chipie de professeure de français sadique va en prendre pour son rhume. Ridicule, moi, un D, deux fois de suite !

Le lendemain, je suis revenu avec une lettre exposant mon problème et réquisitionnant les services des frères Vixen. J'avais employé un ton très poli, et ma situation était décrite par le menu. Très classe comme missive.

J'ai glissé la lettre dans l'ouverture de la porte prévue à cet effet. Mon instinct m'a intimé ensuite de courir. Mais la raison me commandait de quitter l'endroit avec dignité. J'avais laissé mon numéro de téléphone dans la lettre. J'ai repris le chemin de la maison avec superbe.

Le matin qui suit, je me réveille tôt, pas peu fier de mes démarches de la veille. Un lundi de congé en plus. Hyper-relax.

Personne à la maison, mes parents travaillent.

Le téléphone sonne.

Une voix caverneuse marmonne une suite de chiffres dans ma boîte vocale.

« 45 32 41 60 73 33 23 74 »

Puis un seul mot : « ORACLE ». Cet unique mot est prononcé avec une application effrayante. On dirait même qu'un effet sonore de réverbération y est ajouté.

Quinze minutes plus tard, le téléphone se remet à sonner. Cette fois-ci je décroche, perplexe. Une voix de film d'horreur surgit du combiné et commence à me réprimander sévèrement, avec insistance.

— O-r-a-c-l-e. (Trois secondes de silence…) Je suis l'oracle de la fiction. Je connais les dénouements de toutes les histoires. Ne t'acharne pas sur les frères Vixen. Tu seras piégé. Tu vas souffrir ! (Avec un rire gras, trop gras pour être vraiment drôle, trop artificiel pour être vraiment sérieux.)

— Bon, qui parle s'il vous plaît ? Vous êtes un Vixen, c'est ça ? À quel connard je m'adresse ?

— O-r-a-c-l-e. (Répété trois fois le mot, avec un effet d'écho persuasif.)

Le ridicule dépasse les bornes. Je raccroche.

Dix secondes plus tard, le téléphone tintinnabule de nouveau. Je reprends l'appareil.

— (Bruits ambiants de rue.) Bonjour... Je suis celui qui joue à l'oracle...

— Enfin, on se réveille!

— Je suis l'auteur de cette nouvelle.

— L'auteur de quoi?

— De cette nouvelle... Enfin... Vous allez me prendre pour un demeuré, mais c'est moi qui ai inventé votre problème et c'est moi qui vais vous créer d'autres ennuis. C'est ma tâche. Je suis un auteur.

— Auteur de quoi? Vous êtes Dieu? Tim Burton? Mais c'est quoi ça, est-ce qu'on peut m'expliquer pourquoi je parle avec un crétin mégalomane, là?

(L'auteur se racle la gorge, tousse un peu, puis reprend).

— Vous me comprendrez mieux si je vous dis que je préfère intervenir dans mes textes sous les habits d'un personnage farfelu ou d'un oracle. Je sais, c'est terriblement immature. Je suis paresseux. D'habitude, les gens ont tellement peur qu'ils changent de numéro de téléphone sans savoir que c'est moi qui les imagine, les numéros de téléphone. Mais avec vous, j'ai décidé de procéder autrement. Vous m'inspirez. Qu'est-ce que vous avez à perdre de toute manière ? Vous n'êtes qu'un personnage. Pas plus important qu'un grain de riz dans l'océan.

— Vous m'insultez maintenant ? Moi, un vulgaire grain de riz !?

Exit. Déconnexion immédiate. Je lance le téléphone à travers la pièce.

Suite à ça, j'ai refusé de paniquer.

Je suis resté dans le salon, assis dans le fauteuil beige et bleu, la tête dans les airs, la bouche grande ouverte. Belle sculpture de folie. J'aurais pu avaler le désert, l'eau de l'Atlantique et le Saguenay au grand complet. De qui devais-je me venger dorénavant? D'un énergumène psychotique qui me joue des tours au téléphone? Des frères Vixen? De l'impératrice bitch qui aime la note D? J'avais maintenant le choix. Le nombre de personnes qui voulaient me nuire florissait. J'ai refermé la bouche.

Je me suis transformé en gros monolithe pendant quinze longues minutes avant qu'on frappe à la porte.

Le monde me tombe dessus.

J'ai vraiment envie de fuir, puis je me ressaisis. Vixen ou non, je vais assumer mon calvaire avec noblesse. Je ne suis pas du type à prendre des D dans un concours de personnalité. Je me lève. Je déverrouille la porte et l'ouvre.

Un homme dans la fin trentaine, avec une moustache curieuse, hyper-mince, me fait des yeux polis. Sa fausse timidité me met mal à l'aise. Je me sens obligé de prendre la parole.

— Bonjour. Qu'est-ce que je peux faire pour vous ?

— Je suis désolé de prendre tous ces détours. (L'homme se lisse la moustache.) Je n'aurais peut-être pas dû… Je suis désolé. (Il avale deux fois, se mouche.) Je suis l'auteur. C'est moi qui viens de vous appeler. Je suis l'auteur de cette nouvelle, et vous en êtes le protagoniste. L'idée m'est venue, un peu bête je l'avoue…

— Mais arrêtez de vous excuser et expliquez-vous, bon sang !

(L'auteur se redresse, fait craquer ses jointures.)

— Vous avez raison, la situation est particulièrement suspecte, et j'aurais plus de crédibilité si je vous expliquais ce qui m'inquiète en ce moment.

— Qu'est-ce qui vous inquiète, monsieur l'auteur ? Je suis ironique, j'espère que ça s'entend.

— Je ressens très bien votre impatience et votre détresse. Enfin, je me suis dit que si je vous contactais directement, j'aurais plus de chances de régler mon problème.

— Vous avez un problème, monsieur l'auteur?

— Je trouve que le motif de votre rage est bien mince. Je voulais dès le départ un personnage sympathique. Chercher querelle à sa professeure parce qu'elle veut qu'on s'améliore ne me semble pas vraiment pertinent comme moteur dramatique.

— Mais j'ai corrigé mon texte et elle m'a encore donné un D! C'est une connasse! Voyons! Vous sortez d'où, vous? Vous êtes de connivence avec les Vixen ou bien avec Miguash et Lorenzo? Qui êtes-vous?

— Je me suis mal exprimé. Je suis désolé.

— Mais aboutissez, merde! Aboutissez!

— Je voulais dire... Je voulais... Enfin... j'aurais voulu qu'on puisse s'identifier à vous, qu'un lecteur puisse s'identifier à vous, que vous soyez mieux luné, vraiment courageux, et pour les bonnes raisons. Mais mon problème, c'est que même si vous agissez avec dignité et force de caractère, ça ne vous rend pas aimable pour autant. J'entends par là que vous avez l'air capricieux et mesquin, dans le fond… Que…

— C'est ça ! C'est ça ! Continuez à m'insulter ! Ne répondez pas à mes questions !

— Je ne vous en veux pas personnellement. Dans le fond, vous êtes sans doute un bon gars. Mais vous n'êtes pas un modèle. Vous êtes un bon élève en manque de virilité et vous avez trouvé un moyen de vous prouver quelque chose à vous-même… Enfin… bref, je ne pense pas que vous soyez vraiment un bon sujet de nouvelle. J'ai omis de révéler que vous aviez cavalièrement refusé de corriger votre première copie, que vous aviez fait une crise dans le bureau de la professeure. On cache des informations pour rendre un personnage plus sympathique. Les lecteurs ne connaissant pas votre suffisance, ils avaient alors tout le loisir d'adopter votre point de vue et de prendre la professeure pour une connasse, comme vous dites. Mais là, vous commencez à m'exaspérer. J'ai envie de mettre un terme à cette nouvelle.

— C'est toi le connard, espèce de pousseux de crayon pas de talent qui est obligé d'intervenir lui-même dans son histoire parce qu'il n'a pas trouvé de fin ingénieuse! Tu mérites même pas d'être publié, maudit crasseux!

(L'auteur passe délicatement un mouchoir sur son visage couvert de postillons rageusement projetés par son vis-à-vis.)

— Le plus triste dans tout ça, c'est que vous iriez sans doute loin dans la vie en imposant aux autres votre façon de voir les choses, même si votre vision est erronée ou fausse. Vous fustigeriez ceux qui n'obtempèrent pas à vos fantaisies. Vous les tueriez, un jour, s'il le fallait. La rage d'avoir raison produit ce genre de monstre. Vous n'aimez que vous-même, en résumé. C'est dommage d'avoir mis en scène un misanthrope aussi bête. Mon bonheur est de savoir qu'en définitive, votre vie s'arrête ici, dans quelques lignes.

— Ah oui? Tu crois que ma vie s'arrête ici, devin de mes deux!?

(L'auteur prend un air de maître de cérémonie. Il pose son index sur ses lèvres et prononce lentement les paroles qui suivent.)

— J'ai oublié de vous dire que votre professeure est la cousine des frères Vixen. Son obstination envers vous n'était qu'une façon de vous encourager à vous améliorer. Elle vous aime beaucoup, dans le fond. Vous n'auriez pas eu le temps de l'apprendre parce que le plus petit des frères Vixen, Morgan, après avoir lu votre lettre stupide, sachant que vous en vouliez à sa cousine, vous aurait assommé demain, c'est-à-dire mardi dans le temps de l'histoire, avec une grosse roche trouvée dans la rue. Il vous aurait ensuite abandonné dans le champ, en bordure de la grand-route. En somme, je vous épargne tous ces désagréments en mettant ici un point final à votre vie de personnage.

L'auteur est fatigué. Il est devant son manuscrit, se frotte les yeux, ne sait plus où il en est, a soudainement besoin de manger. Il va à son réfrigérateur, sort deux œufs, un pot de beurre de graines de tournesol et deux tranches de pain. Il va déjeuner en paix. Il se sent mieux.

LE BIBLIOTHÉCAIRE DE L'HÔTEL DE VILLE

Tristan Malavoy-Racine

Paris, avril 1942. *Depuis bientôt deux ans, les Allemands occupent la ville, tout comme une bonne partie du territoire français. Aux quatre coins de la capitale flotte le drapeau à la croix gammée, emblème nazi.*

À première vue, pourtant, la vie quotidienne paraît suivre son cours. Le bruit des bombes et des armées qui s'entrechoquent ne se rend pas ici, Paris est loin des combats qui embrasent l'est de l'Europe. Bien sûr il y a le couvre-feu, l'alimentation rationnée, les rondes de la Gestapo, la police allemande... Mais la population, paralysée par la peur ou encore sensible aux arguments de ceux pour qui un avenir meilleur passe par une collaboration avec l'Allemagne d'Hitler, fait peu de vagues, de plus en plus résignée.

Pendant ce temps, dans l'ombre, un petit groupe d'hommes et de femmes s'activent pour que le pays ne soit pas complètement abandonné à l'ennemi.

Je sentais depuis un moment que quelque chose n'allait pas. Mon père rentrait plus tard que d'habitude. Ma mère n'avait plus pour lui ces paroles d'accueil chaleureuses, répétées depuis toujours. «Bonsoir chéri. Tu as passé une bonne journée?» La formule avait été remplacée par un silence lourd, des regards de biais. Je n'en connaissais pas la cause, mais ça n'allait pas, ça j'en étais sûr.

Puis un soir, par la porte du salon entrebâillée, j'ai entendu une conversation que je n'aurais pas dû entendre. Des mots prononcés à voix basse, à une heure où j'aurais dû dormir.

— Mais tu es fou!

— Écoute, Marie, on ne peut quand même pas ne rien faire. Mon cousin Philippe n'a pas hésité, lui. Laurent non plus, quand on lui a demandé de planquer de l'équipement. Tu voudrais que je fasse comme si de rien n'était, comme tant d'autres?

— Alphonse, tu te rends compte du risque que tu nous fais courir, à tous les trois? S'ils découvrent ce que tu manigances, on va se faire...

Ma mère se mit à sangloter, sans finir sa phrase.

— C'est une installation très discrète, les Boches n'y verront rien.

— Ils n'y verront rien? Elle est bonne! Tu installes ton truc sous leur nez et tu me dis qu'ils n'y verront rien? Tu es fou, Alphonse, tu es fou!

Ma mère se leva brusquement. Je retournai vite dans mon lit, de peur de me faire surprendre.

Je n'en croyais pas mes oreilles. Mon père, cet homme discret, toujours tranquille derrière ses lunettes rondes, avait des activités clandestines?

Et quelle était donc cette «installation» dont il avait parlé? Une bombe? Une mitraillette? Un instrument de torture?

Le lendemain matin, je m'organisai pour sortir en même temps que lui. Mon père se rendait au travail à pied, et comme mon collège était dans la même direction, nous faisions parfois un bout de chemin ensemble.

— Tu travailles beaucoup ces jours-ci, hein papa ? Tu rentres tard.

Il me jeta un regard étonné.

— Oui, oui, j'ai beaucoup de travail, Paul... Et toi, ça se passe bien à l'école ?

— Ça va.

Je brûlais de lui poser des questions sur l'échange que j'avais surpris la veille, mais c'était impensable. Il aurait nié, aucun doute, et je n'en aurais jamais su davantage.

Arrivé à l'angle de la rue Soufflot, que j'empruntais pour me rendre au lycée Henri-IV, il me donna une tape dans le dos et me salua.

Je fis semblant de prendre mon chemin habituel, mais au bout de vingt secondes, je revins vers la rue Saint-Jacques et le suivis, à bonne distance. Quelques minutes plus tard, nous empruntions le

Petit-Pont et traversions l'île de la Cité, pour bientôt nous retrouver devant l'hôtel de ville de Paris.

J'avais espéré qu'un geste le trahisse, qu'il s'arrête prendre un café en compagnie de quelque agent secret, mais non, rien. Mon père entra dans le vaste édifice comme tous les matins depuis douze ans, pour aller y faire son travail de bibliothécaire. Moi je restai planté sur le trottoir, à trente mètres de là.

Nous n'en parlions pas beaucoup à la maison, mais je le savais : l'hôtel de ville était maintenant sous contrôle allemand. Le travail de mon père, lui, restait le même. C'est ce qu'il me disait, en tout cas : il veillait sur les milliers d'ouvrages de cette bibliothèque dédiée à l'administration et à l'histoire de la ville.

Pour la première fois, je réfléchis à ce que ça devait représenter pour lui, entrer chaque matin dans cet édifice, faire semblant que rien n'avait changé. Et pour la première fois, je réalisai qu'il ne me disait sans doute pas tout. J'imaginais soudain mon père devant trier les livres d'histoire, en cacher certains, peut-être, pour ne pas déplaire à l'administration allemande.

Il faisait beau ce jour-là, des gens riaient aux tables des cafés, mais les hommes armés croisés dans les rues nous le rappelaient sans cesse : c'était la guerre. Et tandis que je revenais sur mes pas, la peur s'installa dans mon ventre. Mon père était-il vraiment en train de risquer sa vie et la nôtre ?

Mon retard au collège n'était pas passé inaperçu. Je m'en tirai à peu près en racontant avoir oublié des cahiers à la maison. De toute façon, les conséquences m'importaient peu. Je ne pensais plus qu'à une chose : la prochaine étape de mon enquête.

Le surlendemain, en soirée, mon père déposa le livre qu'il avait à la main, se leva de son fauteuil et se dirigea vers la porte d'entrée. En enfilant son pardessus, il adressa quelques mots à ma mère sur un ton que je ne lui connaissais pas.

— Je sors un moment. Ne m'attends pas, s'il te plaît.

Elle lui répondit froidement :

— C'est pas le temps de se faire pincer dehors passé l'heure du couvre-feu...

Mais déjà la porte se refermait sur lui.

Penché à la fenêtre de ma chambre, je n'arrivais pas à chasser de mon esprit l'image de mon père en soldat invisible, chargé d'une mission de la plus haute importance. J'eus alors une idée un peu dingue.

— Maman, dis-je en passant la tête par la porte du salon, j'ai terminé mes devoirs et je suis fatigué, je vais me coucher tout de suite.

Elle me regarda sans me voir.

— Bonne nuit, Paul.

Je retournai dans ma chambre, créai une forme humaine sous les couvertures et sortis sans faire de bruit. Ma mère venait de fermer la porte de sa chambre à elle, alors j'en profitai pour enfiler mes chaussures, attraper un gros chandail de laine et me glisser à l'extérieur de l'appartement. Ce n'est qu'après avoir refermé la porte, dans un clic discret, que je pris conscience de ce que j'étais en train de faire. S'ils s'en rendaient compte, mes parents allaient m'étrangler, c'est sûr. Et puis il était déjà presque neuf heures, ce serait le couvre-feu dans à peine plus de soixante minutes ! Mais ma curiosité l'emportait sur ma raison.

Je descendis à pas feutrés les quatre étages qui me séparaient du rez-de-chaussée. Quand je me retrouvai sur le trottoir, mon père était déjà loin, je ne le voyais ni à droite ni à gauche.

J'optai pour l'itinéraire le plus logique : la rue Saint-Jacques, qui croise la nôtre à cinquante mètres vers la droite — cette rue que nous empruntions le matin et dont mon père disait qu'elle était très « commode », qu'elle était le point de départ pour aller « à peu près n'importe où ». J'avais pris la bonne décision : en arrivant à l'angle en question, j'aperçus au loin sa silhouette.

Je le suivis pendant un bon quart d'heure, en essayant de ne pas trop me faire remarquer. Ça ne marchait qu'à moitié, j'avais l'impression que tous les passants me dévisageaient. Mon père longea des rues que je ne connaissais pas — nous devions être dans le XIIIe ou le XIVe arrondissement maintenant. Il s'arrêta enfin au 18 de la rue Bobillot et s'engouffra sous le porche de l'immeuble. Je le suivis des yeux, dans l'obscurité, puis empruntai à mon tour ce passage qui débouchait rapidement sur une petite cour intérieure. Tout au fond de cette cour se dressait un autre immeuble, dont mon père franchit la porte d'un pas décidé. Il était déjà venu ici, aucun doute. J'eus très peur de le perdre de vue, mais il apparut presque aussitôt à la fenêtre d'un appartement du rez-de-chaussée qui donnait directement sur la cour.

C'est alors que j'entendis une voix dans mon dos.

« Qu'est-ce que c'est que ça, encore ? »

Je restai figé. Un homme se tenait tout près de moi, sans toutefois m'avoir vu. Je me trouvais dans un coin plongé dans l'obscurité. À l'énorme trousseau de clés qu'il avait à la ceinture et à son air de petit patron des lieux, je me dis qu'il devait s'agir du concierge. Il regarda en direction de la fenêtre, les sourcils froncés.

«Très louche, ce petit groupe-là. On va finir par avoir des ennuis», grogna-t-il en rebroussant chemin.

J'attendis quelques minutes sans bouger, puis je m'approchai doucement. Il y avait des arbustes en pot dans un coin, qui me fournirent un poste d'observation. Risqué, mais poste d'observation tout de même.

J'avais un peu froid, mais je n'y pensais pas trop, j'étais absorbé par ce que je voyais. À l'intérieur, il y avait cinq personnes, dont mon père: quatre hommes et une femme.

Je n'entendais pas la discussion d'où j'étais — ils parlaient bas, proches les uns des autres, et la fenêtre n'était qu'à peine entrouverte —, alors je décidai de m'approcher encore.

— J'ai su par Teddy qu'il y aurait bientôt des informations importantes à communiquer...

J'étais juste sous la fenêtre maintenant. Je n'étais plus camouflé, mais j'entendais. La même voix poursuivit:

— Des agents auraient trouvé l'emplacement d'une base de sous-marins allemands, dans la vallée de la Seine. C'est du sérieux, ça, il va falloir transmettre sans tarder.

— La liaison est opérationnelle, nos radios fonctionnent bien, dit un autre.

— Sans compter que nous avons maintenant un troisième poste en activité. Ils vont être contents, à Londres.

C'est la femme qui avait dit ça. Elle avait un ton étonnamment déterminé, même en parlant tout bas. Elle dit encore :

— Le Bouc a bien travaillé, notre émetteur de l'hôtel de ville est prêt à servir !

Je n'en croyais pas mes oreilles. Des radios clandestines ? De l'information sur les sous-marins allemands ? Mon père était mêlé à une curieuse affaire...

— Ils ne s'en douteront jamais (c'était lui qui parlait maintenant). J'ai posé l'engin dans un coffre bourré de livres, dans une petite pièce de rangement au grenier, que je suis le seul à fréquenter.

Le Bouc, c'était donc lui ? Je ne pus m'empêcher de sourire de ce nom de code, malgré la peur d'être surpris, malgré cette menace que je sentais soudain planer sur moi comme sur nous tous.

— Fais gaffe tout de même, dit un homme à la voix éraillée. N'allume le poste que si tu es absolument certain qu'il n'y a personne alentour.

— Évidemment.

C'était lui, c'était sa voix, et en même temps c'était un autre.

La séance allait bientôt se terminer. Tous s'étaient levés, parlant soudain de sujets courants : de la difficulté de chauffer les logements, des produits qu'on avait du mal à trouver à Paris, depuis quelque temps : pain, viande, sucre...

Il me fallait précéder mon père, sans quoi je risquais de me retrouver coincé à l'extérieur de notre appartement après qu'il eut verrouillé la porte.

Je partis en courant presque, retrouvant tant bien que mal mon chemin dans le dédale des rues. L'heure du couvre-feu devait être passée maintenant. Cette fois, les rares passants me fixaient bel et bien, ne comprenant pas ce qu'un garçon de quinze ans faisait dehors à cette heure.

Apparemment ma mère n'avait pas découvert mon absence : la porte, que j'avais laissée déverrouillée, l'était toujours. J'entrai sans faire de bruit, puis me dirigeai vers ma chambre sur la pointe des pieds.

— Où étais-tu ?

Mon cœur s'arrêta de battre. Ma mère était assise sur mon lit et attendait, le visage pâle, un oreiller plaqué sur le ventre.

— Où étais-tu ? répéta-t-elle.

— Maman... Maman, je veux aider papa.

— Imbécile, tu crois que c'est un jeu? C'est la guerre, Paul, la guerre!

Pétrifié, je ne bougeais plus, je ne parlais plus. Alors, ma mère se leva et sortit de la chambre. Des larmes coulaient sur son visage.

Je mis quelques secondes à comprendre pourquoi elle me laissait seul, sans dire un mot de plus. En fait elle ne voulait pas alerter mon père, qui allait rentrer d'un instant à l'autre. Elle désapprouvait ce que j'avais fait, mais elle avait choisi de ne pas le mettre au courant.

Tout se bousculait dans ma tête. Depuis des mois, on nous répétait sans cesse, à nous les jeunes, de ne pas nous inquiéter, que la présence allemande en France n'allait pas changer grand-chose à nos vies. Mais les adultes mentent mal. Et ça avait pris cet épisode pour que je réalise la gravité de la situation.

Pendant que je fixais le plafond de ma chambre, incapable de trouver le sommeil, des histoires me revenaient en mémoire. Celle, par exemple, de Monsieur Alexandre, ce professeur du collège qui ne s'était pas présenté au cours, un matin, et qu'on n'avait plus jamais revu. Un élève de ma classe, Bouthillier, nous avait raconté qu'on lui avait interdit d'enseigner parce qu'il était juif. Et puis nous avions tous oublié.

Durant les jours qui suivirent, je tentai d'en savoir davantage. Il était hors de question d'interroger directement mon père — ma mère ne lui avait encore rien dit, devinant sa colère s'il apprenait que je l'avais suivi dans la nuit —, mais j'observais tout. À l'affût d'un indice, j'écoutais la moindre conversation portant sur la guerre, à la maison mais aussi dans les échanges qu'avaient mes parents avec les gens du quartier, quand nous faisions la file devant l'épicier, nos coupons de rationnement à la main.

Puis un soir, mon père ne rentra tout simplement pas après le travail. Ma mère, amaigrie, avait une inquiétude nouvelle dans le regard. Elle se tordait les mains sans arrêt.

— Je sais où il est.

Les mots étaient sortis de ma bouche tout seuls, sans que je les aie formés dans mon esprit.

— Je vais y aller, maman.

Comment avais-je pu lui dire ça aussi calmement ?

Elle me fixa pendant de longues secondes. De très longues secondes. Ses yeux me disaient de ne pas partir, mais elle ne fit rien pour m'en empêcher.

Quand je franchis le porche du 18 de la rue Bobillot, la fenêtre était fermée à l'air d'avril, glacé ce soir-là. Les rideaux étaient presque entièrement tirés et je ne voyais guère à l'intérieur, mais il était clair que la discussion était animée. Sans rien entendre, je ressentais la fébrilité des complices, qui n'étaient alors que quatre. Au bout d'un moment, je réussis à distinguer mon père, la vieille dame, l'homme à la voix rauque et un autre que je n'avais encore jamais vu, un petit sec, du genre à ne pas tenir en place. Respectivement Le Bouc, Tante

Yvette, Pollux et Teddy. Tels étaient leurs noms de code, je l'apprendrais bientôt.

Le nerveux se planta devant la fenêtre, les bras croisés. Il semblait fâché.

Un instant, j'eus l'impression qu'il m'avait vu, mais j'avais eu le réflexe de me plaquer dans l'embrasure d'une porte.

Puis, sortant de l'immeuble du fond, je vis apparaître le concierge. Une fois au milieu de la cour, il grimaça et leva les yeux vers l'appartement où avait lieu la réunion. Le nerveux le regarda. Puis il ouvrit la fenêtre, mais alors que je m'attendais à ce qu'il l'invective, il dit simplement, sur un ton neutre :

— Frisquet ce soir, n'est-ce pas ?

Le concierge tourna aussitôt les talons. Il passa juste devant moi sans me voir, les mâchoires serrées.

Quelques minutes plus tard, alors que tout le monde s'était un peu calmé, je m'approchai en douce de la fenêtre mal refermée. J'entendis alors mon père parler longuement avec les trois autres. J'appris qu'ils faisaient tous partie d'un groupe clandestin appelé Johnny.

Il était question d'envoyer des informations à d'autres réseaux, loin de Paris — j'entendis parler de Quimper, en Bretagne, et même de Londres —, informations qui permettaient aux pays qui combattaient les Allemands de mieux comprendre l'organisation de leurs forces militaires.

J'étais aux aguets, les yeux ronds. Tante Yvette prit alors la parole.

— Le temps est venu de transmettre le message concernant cette base de sous-marins. Tout est en place, Le Bouc ?

— Je peux transmettre dès demain matin.

Le lendemain, après un petit-déjeuner rapide durant lequel personne ne parla, mon père allait partir tout seul, en saluant à peine ma mère.

— Tu m'attends ? lui demandai-je.

— Euh... oui. Mais fais vite, je dois arriver tôt.

Je pris maman dans mes bras, l'embrassai, puis suivis mon père dans l'escalier.

Il avait la mine grave. Durant les dix minutes qu'allait durer notre trajet commun, j'essayai à deux ou trois reprises d'engager la conversation, mais il me répondit à peine. Pour piquer son intérêt, je lui dis que j'en avais marre de chanter, tous les matins en classe, le *Maréchal, nous voilà !*, cette chanson ridicule en l'honneur du maréchal Pétain, qui prétendait faire le bien de la France grâce à un pacte avec Hitler.

— On devrait l'appeler le « Maréchal Putain », ajoutai-je à voix basse.

Mon père me sourit, passa son bras autour de mes épaules puis, comme nous arrivions à la hauteur de la rue Soufflot, me donna une petite poussée dans la direction de mon école.

— Travaille bien.

Mais je fus incapable d'entrer en classe comme par un jour normal. Je suivis mon père, une fois encore. Je brûlais de le rattraper pour lui dire que je savais tout, que je voulais l'aider à botter le cul des Boches...

Et puis tout s'est précipité.

J'aurais très bien pu ne pas être là. Pourquoi l'avais-je suivi au juste ? Pour le protéger du regard ? Pour me donner l'impression de participer moi aussi aux activités du réseau ? Une fois mon père à quelques mètres de l'entrée de l'hôtel de ville, j'allais rebrousser chemin quand des hommes en uniforme lui barrèrent le passage. Ils étaient trois. Casquette haute, veste sanglée à la taille par une large ceinture, brassard rouge autour du bras gauche. L'uniforme de la Gestapo !

Mon cœur se mit à cogner dans ma poitrine. Après un bref échange avec la police allemande, il se mit à regarder partout autour de lui, l'air paniqué.

Quand un des hommes l'empoigna par le bras, il se débattit et tenta de fuir, mais il fut aussitôt rattrapé. C'est à ce moment qu'il me vit : je m'étais approché sans réfléchir, prêt à bondir sur les brutes qui le maîtrisaient, quand nos regards se croisèrent. Trois secondes, pas plus. Trois secondes durant lesquelles les yeux de mon père m'ont dit à la fois :

« Mais qu'est-ce que tu fous là ? »

« Fiche le camp, mon garçon, il n'y a plus rien à faire. »

« Sois courageux... »

Tout ça en pagaille, presque sans bruit, pendant qu'un groupe de curieux observaient l'arrestation. Moi je reculais déjà, le souffle court, les mains tremblantes. Je ne pouvais rien pour papa, qu'on faisait monter dans un fourgon.

Qui donc l'avait dénoncé ? En toute logique, je crus longtemps qu'il s'agissait du concierge, mais dans la France de ce temps-là, où pour sauver leur peau certains étaient prêts aux pires trahisons, les dénonciations étaient parfois plus sournoises, venant de l'intérieur même des réseaux.

Tout cela était nébuleux pour le jeune homme que j'étais, et le demeure encore aujourd'hui. En revanche, en remontant la rue Saint-Jacques, essuyant du revers de ma manche les larmes qui noyaient mes yeux, je savais exactement où j'allais.

Une demi-heure plus tard, j'étais au 18 de la rue Bobillot. Je cognai une première fois. Puis une deuxième. L'homme à la voix rauque ouvrit lentement la porte.

— Qu'est-ce que c'est?

— Je m'appelle Paul. Je suis le fils d'Alphonse.

— Mais qu'y a-t-il, mon gars? Parle, parle!

— Le... le message n'a pas été envoyé.

Cette histoire est librement inspirée de celle, authentique, d'Alphonse Bérard, bibliothécaire à l'hôtel de ville de Paris. Introduit par mon arrière-grand-mère Odette Malavoy dans le réseau Johnny, organe de la Résistance ayant pour mission d'assurer dans la France occupée des liens radio avec Londres, Alphonse Bérard a réellement installé un émetteur dans les combles de l'hôtel de ville, au début de l'année 1942. Dénoncé, il a peu après trouvé la mort au camp nazi de Mauthausen.

Je dédie ce texte à sa mémoire.

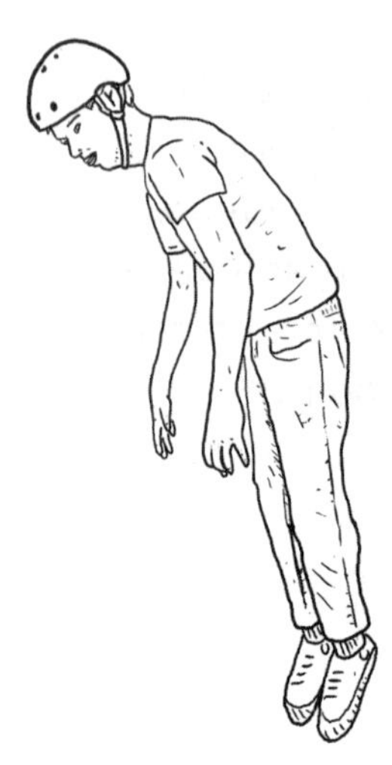

Éric McComber

I

Moi
Je serai le roi

Les épinettes valsent. Mais le vent m'est plutôt favorable. Ça monte un peu, je descends d'un couple, puis d'un autre. Ça continue à grimper et l'accotement se rétrécit. Il fait très chaud. Je regarde encore le compteur. 243 km. Rapide calcul, 522 moins 243 égale... Euh... En tout cas. J'arrive presque au sommet. Ça tourne. Oh, après la courbe, ça s'élève encore, la route se perd entre les conifères, à la cime desquels le soleil est sur le point de s'empaler. Je poursuivrai jusqu'au crépuscule, après quoi je devrai songer à planter ma tente. N'importe où. La réserve faunique est déserte. Petit crochet par le premier sentier et hop! Clairière, élargissement, coin dégagé... Popote, dodo.

II

Et toi
Tu seras ma reine

Mathilde se déclare juste avant son départ pour le camp de *treeplanting,* c'est ça le truc, en fait. Le nœud de mon été. Elle me fait, comme ça...

— Émile, j'aimerais que tu sois dans ma vie.

Eh ben. Ça.

— Je suis curieuse de te connaître, elle ajoute, devant mon mutisme.

Mes oreilles bourdonnent, je bave sur le plastique orange de la table de la cafétéria, je ne trouve rien à dire, aucune pensée ne se forme en moi. Elle continue de parler tandis que je tente de mettre de l'ordre dans ce chaos fantastique qui vient d'éclore droit devant. Je finis par désirer certains mots, mais je n'ai pas accès à la parole.

Mathilde. Ô Mathilde. Je t'écris des poèmes poches depuis le début de la session. Je pense à toi quand je m'explore, au crépuscule, dans mon lit. Et le matin dans la salle de bain. Et en rentrant de l'école, dans le fauteuil défoncé de ma petite chambre obscure. Je contemple ta nuit imaginaire en pommettes constellées, en soies rosissantes, en roses roussillonnes… j'éclaire mes azimuts à la braise noisette de tes prometteuses prunelles…

Elle parle encore et encore. Je commence à croire que le simple bonheur frappe à ma porte. Une partie de moi a toujours su que je serais heureux un jour. Je glousse. J'y suis. Je me transforme en poupoule satisfaite. Me voilà sur le point de pondre un œuf d'or et de lumière. Et je t'inventerai des mots insensés que tu comprendras… Je ferai un domaine… Je finis par réaliser que Mathilde part dans quelques jours. Que c'est donc pour tout de suite. Tout de suite, le truc. Tout de suite, le grandiose. Tout de suite que je vais entrer dans le monde. Tout de suite qu'il faudra agir. Je tremble.

III

Même si rien ne pourra les faire fuir
Nous pourrons les vaincre
Juste une journée

Depuis trois ou quatre kilomètres, c'est tout pelé caillasse. Pas un traître bout de mousse ou d'herbe pour monter le campement, pas d'ombre pour demain matin, pas de branche pour accrocher le sac de bouffe. C'est là que je souffre le plus de l'abandon de Jan. Clair qu'il aurait su quoi faire. C'est le pro. Il a fait deux fois le tour du Québec à vélo avec son ex, six mois chaque fois. Un truc dingue. Je n'avais jamais entendu parler d'une chose pareille. Il est revenu complètement changé. Il m'a raconté tout ça nuit après nuit. Moi, je suis débarqué au centre-ville de Montréal avec une certaine idée du bécyk-à-pédale. Là d'où je viens, point de salut hors le moteur à essence. Jan aime arriver chez moi sur sa bicyclette toute moche, égratignée, touffue de petits machins de plastique et de métal. Il descend en marche, sa guitare en bandoulière. Un vrai acrobate. Je pose chaque fois quelques questions. Je suis fasciné.

— C'est quoi, ça?

— Man!... Une boussole, tsé.

— Ouaaah...

— Ben... pour savoir où c'est ktu vas...

Une boussole! Comment décrire le frisson que ça m'a foutu. Tout un film me passe par la tête... C'est une déflagration de Twain, London et Scott!... Un chinook me décoiffe. Une boussole. Oâh. Comme chaque fois, Jan se plie de bonne grâce à mes interrogatoires et se fait un plaisir de voir croître en moi cette belle flamme toute neuve, d'autant plus que c'est lui qui l'a allumée.

— Pis ça, à quoi ça sert?

— C'est un porte-carte.

— Huh?!

— Tu glisses ta carte là-dedans pis ça la protège de la pluie.

— La pluie…

— Pis comme ça, tu l'as dans face tout le temps, pas besoin de t'arrêter sul' bord de la route. Tsé.

— Woh man… Cool.

— Faut ce qui faut.

— Ça, c'est quoi sté patentes-là, dans tes roues?

— C'est les porte-bagages avant. Ça sépare le cyclo du dimanche du vrai de vrai.

— Comment tu visses ça… après la roue?

— De chaque côté t'as des œillets, tsé, check, ga!

Deux mois plus tard, Jan m'accompagne chez Santos-Cycles quand j'achète ma randonneuse. C'est une dix vitesses Cyclostar beige vomi de vingt et un kilos. Soixante dollars, usagée, bien sûr. Il faut tout ajouter patiemment, garde-boue, guidoline, rétroviseur, réflecteurs, machin… Jan me montre comment faire.

IV

Nous serons des…
Juste une journée

Encore une côte. Je la vois se dresser devant moi comme un dragon. Mon estomac se noue à l'approche inéluctable de la souffrance. Puis, au fur et à mesure de mon avance, elle s'aplatit à mes pieds, s'étend, se domestique. Alors, je glisse de la terreur à la complaisance sans passer go. J'ai fait cent fois pire, c'est dans la poche, pas de quoi suer une goutte. Puis, au bout de quatre cents mètres, je sens mes jambes qui se crispent et mes bronches qui s'échauffent. Les douleurs se signalent de partout, un orteil, la peau du cul, un os de la jambe droite, un muscle de la gauche, les doigts, les paumes, puis je pense à elle et je sens toute ma force me quitter, une panique soudaine m'enserre le dos et le cou, je ne crois même pas pouvoir me rendre au caillou jaune, là, juste là, pourtant oui, oui, je dépasse même le caillou jaune, mais je pense encore à elle, à toi, à mon soleil, à ma douce, ma tendre, ô, tenir jusqu'au petit poteau, ô, Mathilde, juste avant la courbe, la première chose c'est durer, une jambe, une autre, j'enfonce l'os dans le tas de muscles déchirés, la plaie vive de mes cuisses, la tranchée sanglante de mon scrotum, je pilonne, je pistonne, le champ de bataille de mes mains crevassées, la douleur est inouïe, c'est une attaque de panzers, c'est un bombardement de l'OTAN, c'est l'incendie des écuries, les hennissements dans la paille enflammée, puis je passe le poteau gris et je m'engage dans la courbe, Mathilde, pour un instant le dénivelé redevient plus clément, je crois que la montée est terminée, ça va tout seul, ô Mathilde, je scrute le bout de la route du bout des yeux, ça tourne à nouveau, ça revient sur la droite, je ne vois pas au-delà, ma respiration est rauque, mon souffle râpeux, une vraie tornade, j'avale tout l'air de la vallée, je vole leur oxygène aux petites bêtes terrées dans les coteaux, même les oiseaux sont pris de migraines, à moi, à moi, à moi l'azote, ô, à moi le bleu du ciel, à moi l'azur et le cobalt et le lapis-lazuli !

J'arrive à la courbe, fondu en moi-même, immergé, noyé, fulgurance et survivance moulues, forgées et coulées en un alliage nouveau, en une improbable alchimie, étonnante, souriante, miraculeuse, vivace, vivante, jaillissante, ruisselante, pétillante, saillissante, sublimante, primesautante, ça remonte, ça grimpe sec, pas de faiblesse, pas de baisse, pas de petitesse, je ne pense plus, je ne souffre plus, je suis un avec l'air, le temps, l'action, le mouvement, l'apprentissage, l'œuvre. Donc l'amour.

V

Et toi
Tu pourras être une garce
Et moi
Je boirai tout le temps

ITHIER DE TOCY, COMTE DAU SALAVÈS, AGACHA DESPUEI D'ORAS DE TEMPS, LO CARRELET DE LUME AU FUSTAM DE SA GÀBIA. TROBET UN BIAIS DE S'ESCAPAR, FA SEPT JORNS ARA, MAI ISTA AQUI, JORN A CHA JORN SUS LA PALHA UMIDA[1].

ES PAS L'ÔME QUE GANHA
ES LO TEMPS[2].

1. « Ithier de Tocy, comte du Salavès, regarde depuis des heures le petit carré de lumière au plafond de sa cellule. Il a trouvé depuis sept jours une façon de s'évader, mais il reste là, étendu dans la paille humide, jour après jour. »
2. « Ce n'est pas l'homme qui remporte la victoire, c'est le temps. » Proverbe ancestral occitan.

Le petit gît là, ni mort, ni vivant. La faim l'engourdit et il dort, dort, dort. Il se réveille la nuit et escalade le mur de vieilles pierres mal équarries pour admirer un bout de la voûte étoilée. C'est en s'y hissant qu'il a découvert cette tige de ferraille tordue, tout en haut, près de la fenêtre. En tirant un peu, il a su la dégager presque entièrement. Il pourra s'en servir comme d'un levier et décrocher la porte de ses gonds. Voilà ses deux travaux. Sortir cette tige, soulever la porte. Ensuite, la vitesse. Ensuite les possibles. Égorger le garde — il le faudra bien —, se glisser au dehors, puis marcher, marcher, marcher... Trouver monture, caravane, convoi... Rester discret. Cacher son nom, se taire, passer en coup de vent, longer les ombres. Rejoindre l'Occitanie, puis son minuscule royaume à la porte des Cévennes. Mais en attendant, cette demi-vie est là. Cette demi-mort existe. Il ignore pourquoi, mais Ithier reste dans cette cellule. Cette structure, ces murs, ces lignes réduites, ces sons étouffés, la propreté de cette crasse immuable, la pureté de la terreur. Ithier se met à chanter.

Oiez, seignor, Deus vos croisse bonté,
li glorieus, li rois de majesté[1]*!*

1. « Entendez, seigneur, que Dieu vous bénisse, vous le glorieux, vous le roi majestueux. » Extrait de la chanson occitane des croisades, *Le Charroi de Nîmes,* datant du XIIIe siècle.

VI

Car nous sommes des amants
C'est un simple fait
Oui, nous sommes des amants
Rien de plus

Nous sommes fin saouls chez Jan, avec le pote Zoltan de Slovaquie. Je raconte mon drame. Jan, quand il boit, il devient un vrai sage, un gourou !

— Merde, va la retrouver, man.

— Comment ?! C'est trois cents piasses de bus rien que pour monter à Val-d'Or, tsé.

— Pis ton bécyk ?!

— Mon bécyk ? Quoi, mon bécyk...

— L'as-tu acheté pour faire le beau sua Sainte-Catherine, simonac ?

— Man... Chus pas prette.

— On part dans trois jours. Tu vas la retrouver, ta Mathilde.

— Man !

— Tu l'aimes-tu ou bedon tu l'aimes-tu pas ?!

— Man, je l'aime en...

— Fotre allère retrouvère fille pour amourre estre pluss forte que toutre.

— Zoltan, grande yeule !

— Je ire aussi moi. J'être vélo. J'être pédalère und camping.

— Man !

— C'est décidé, le jeune, on part dans trois jours. Viens, je te passe cinquante piasses pour des sacoches... Ça sera pas le top... Mais...

— Man !... Man... Oh man...

VII

Même si rien ne nous unira
Nous pourrons faucher du temps
Juste une journée

On le sort de sa cellule et il est emmené au palais d'Hormouz-le-Brusque, Padischah-Buzurk d'Antioche, et il gît à plat ventre face au trône. Aux pieds du monarque triomphant traînent les armes du chevalier cévenol, lion d'azur brochant sur champ d'argent au chef de gueules. Ithier de Tocy reconnaît également celles d'Éléazar de Tyr, son père et seigneur, vu occis sur les remparts de Ramla. La pierre s'obscurcit goutte à goutte sous les yeux bouffis du jeune chevalier.

L'interprète du suzerain prend la parole :

— Ô ver pestilentiel, ô infidèle cancrelat, asticot du désert, fils de chienne pestiférée, ton nom est-il bien Ithier de Tocy, comte du Salavès, fils de feu Éléazar de Tyr, roi du Cigalois ?

— Rises pas de mon dòl, quand lo meu finira, lo teu commençara[1].

1. « Ne ris pas de mon deuil, quand le mien finira, le tien commencera. » Proverbe ancestral occitan.

— Pardon ?

— E lo grand mòt que l'òme oblida, veja-aici ; la mòrt es la vida[1].

— Cloporte galeux, tu délires dans ton primitif patois ? Es-tu donc bien Ithier de Tocy, comte du Salavès, fils d'Éléazar de Tyr ?

Il s'écoule quelques secondes et l'enfant avale sa salive.

— Grande est la science de son Illustre Majesté, cela est juste.

— Un messager sera envoyé à ta grotesque tribu et marchandera ta vie contre rançon. Ainsi en a décidé le suzerain dans son infinie bonté.

— Plaise à Sa Splendeur de faire comme bon lui semble. Mon âme est entre ses mains.

— La générosité de Son Altesse est motivée par vos démêlés avec l'abbaye de la Trinité, ô vermine

1. « Le grand mot que l'homme oublie, le voici : la mort, c'est la vie. » Proverbe ancestral occitan.

infecte. Le sublime Hormouz a appris de source fiable que le cancrelat pestilentiel qui salit les dalles somptueuses de son palais a été excommunié par ces immondes chacals.

— La sagacité de Sa Majesté est infinie.

— Tu ne crois pas si bien dire, ignare moisissure. Et dans son incommensurable mansuétude, son incarnée lumière te fait l'insigne honneur de t'octroyer un choix. Ta réponse sera attendue demain à l'aube.

— Ainsi soit-il.

— Bien. Voici donc, Ithier de Tocy, comte de Salavès, toi qui eus l'impudence de porter les armes contre le royaume d'Antioche et fus humilié par la déroute de ton impuissante bande d'ânes putrides et de putois galeux, préfères-tu revoir ta princesse, ou entendre à nouveau son chant ? Songes-y bien, reptile impur, parce que demain à l'aube, Abdallah fils d'Abdallah, illustre bourreau de Son Excellence l'empereur, te fera l'honneur de t'arracher les yeux, ou, selon ta faveur, de te transpercer les oreilles.

VIII

Nous serons des...
Pour l'éternité

Qu'en dis-tu ?

C'est un départ ! Jeunes et fougueux, nous roulons à trente kilomètres/heure jusqu'à Laval. Trois vrais pros. Zoltan caracole devant nous sur son tout-terrain rouillé à trois kopecks, ses maigres affaires fourrées dans des sacs de plastique accrochés aux poignées de son guidon. Derrière, en nage, Jan et moi, l'air d'anciens pros qui ne bougent pas souvent leurs culs. Le Slovaque chante en pédalant, fait des poids et haltères avec ses bagages, s'arrête pour escalader les pins ou les lampadaires. Un vrai salaud. À Saint-Jérôme, on s'arrête pour acheter des trucs à boire. Ça tourne là, plein gauche, et ça s'élève dans les Laurentides.

En gars de la ville, je n'ai jamais connu que de courtes montées. Le mont Royal, c'est le summum, pour moi. Je ne suis donc pas prêt à découvrir ce qui va venir dans quelques minutes. J'ai l'habitude de bouffer les côtes en danseuse. Alors hop, hop,

hop!... Je largue les deux autres. Je les *droppe* dans la poussière. Ah, oui, j'ai fière allure, on peut le dire, sur mon Cyclostar beige. Bon, je ralentis un peu. Puis encore... Après cinq cents mètres, je suis mort. Je me rassois sur la selle. Puis je descends le couple, clic-clic. Encore. Clic-clic. Jan me rattrape. Clic-clic-clic.

— Tranquille, man. Tranquille. C'est juste le début.

— Pff. Pff. Pff.

Puis Zoltan nous dépasse tous les deux.

— Péti colline. Péti, péti. Slovaquie, gigantik montagnes!

— Pff. Pff. Pff.

— Ah, ah, ah! Toutre essouflère toi!? Péti colline.

— Pff. Pff. Pff.

N'empêche qu'au bout de trois jours de montée, eux aussi en ont marre, même le Zoltan. Je me lève aux premières lueurs, le matin du quatrième, et ils ont déjà plié leur tente. Ils m'attendent avec une drôle de gueule. Jan a fait du café. Il remplit mon bidon en hochant la tête.

— Sérieux, man... Les Laurentides, c'est superroffe. Zoltan pis moi on en a parlé dans tente, pis... ben... on lâche.

— Hein? Mais, mais... ma... Mathilde?

— On va prendre un bus ou un *truck* ou de quoi...

IX

Moi
Moi j'aimerais que tu saches nager
Comme les dauphins
Comme nagent les dauphins

Mathilde. Ô, Mathilde. C'est dans le 27 que je l'ai vue la première fois. Elle m'a même souri. Nous sommes descendus ensemble au métro, puis nous sommes sortis tous les deux à Berri-de Montigny. Je suivais son cul machinalement sans me rendre compte qu'elle se rendait elle aussi au Cégep du

Vieux-Montréal. Elle a pris les escaliers roulants, moi le chemin du journal étudiant.

Deux mois plus tard, je suis engagé comme accompagnateur par une troupe de théâtre. J'arrive dans le grand gymnase où se tient la répétition et je prends place. Les comédiens participent à de drôles d'exercices. La metteure en scène me fait signe d'attendre. Planqué dans un coin, j'inspecte la salle en accordant ma guitare. Alors je la vois, là, devant, avec les scénographes... Mathilde. Ouh. Mon cœur. Après la répète, on sort boire des bières à L'Oreille cassée, sur la rue Ontario.

X

Même si rien
Rien ne pourra nous unir
Nous pourrons les vaincre pour l'éternité
Nous serons des...
Juste une journée

En attendant que passe un camion, tout en faisant de l'auto-stop, Jan me raconte un truc qui me scie les pneus. Il paraîtrait que les colons australiens, pour la plupart très pauvres, ne possédaient pas de sacs de voyage. Ils avaient l'habitude de transporter toutes leurs possessions dans une toile roulée qui servait d'abri de fortune, de lit, de paravent. Ce gros baluchon en forme de boudin leur servait d'interlocutrice pathétique au fil des mois de marche solitaire d'un bled à l'autre à se glaner une survie. Par un pur hasard, on ne sait trop ni comment ni pourquoi, on a fini par donner un prénom de femme à cette bâche : Mathilda.

La légende veut qu'un jour, un de ces colons ait osé manger un mouton égaré. Après coup, voyant approcher les gendarmes armés de fusils, il se serait jeté à la mer pour leur échapper mais se serait noyé, ne laissant derrière lui que sa mathilda, flottant de-ci de-là sur les flots, ce qui inspira la célèbre chanson qui sert d'hymne non officiel au pays des kangourous. La plupart des cyclonomades ont l'habitude d'arrimer une mathilda en travers de leurs sacoches arrière. Dans la mathilda sont enroulés le matelas de mousse, les couvertures, les imperméables, les manteaux, les vestes... La mathilda est le premier bagage qu'on délie en arrivant le soir, parce qu'elle fait office de tapis de sol pour la tente et le matin, au départ, elle est la toute dernière charge qu'on attache sur le vélo avant de reprendre la route.

Après nous avoir ainsi offert un extrait de sa grande culture, Jan se lève et envoie une énorme claque sur ma mathilda d'un air coquin.

— Hein, ma grosse ?!

Juste à cet instant, une camionnette s'arrête à notre hauteur.

— Môôrial ?!

— Ouain.

— On vous lâche au Plateau ?!

— C'est là qu'on va !

Les deux bécanes sont projetées au fond de la benne d'un *pick-up* rouge vin et mes potes démissionnaires prennent place sur leurs sacs empilés. Le soleil est éblouissant et la brise est lourde du sucre des érables et des cocottes qui se dilatent. Les trois bûcherons remontent dans leur véhicule en claquant les grandes portes d'acier. Jan et Zoltan m'envoient la main dans un tourbillon de poussière. Le camion quitte le gravier et remonte sur la route en gémissant de toutes ses tôles. Ce qu'ils ignorent tous deux, c'est que dans trois kilomètres commence une grisante descente et que, sans donner un seul coup de pédale, je doublerai la distance des trois premiers jours avant le coucher du soleil.

XI

Moi
Je serai le roi
Et toi
Tu seras ma reine

La session est terminée depuis avant-hier. Mathilde me téléphone de son balcon sur la rue Dandurand.

— Je suis nue au gros soleil et je lis ton Hermann Hesse.

— Ouf.

— Viens me rejoindre, j'ai de la bière au frigo et une guitare désaccordée.

— J'arrive, j'arrive.

Ça y est. Ça va y être, simplement. Je lace mes chaussures le cœur dans la gorge.

Pas de déception, pas de trahison, pas d'entourloupette. Elle est là, la porte de l'escalier est déverrouillée comme elle l'a promis, le logement est petit mais lumineux. Ça sent le citron et le piment. Le disque de Bowie tourne sur la platine. C'est le morceau *Moss Garden*. Les haut-parleurs sont pourris, mais le son de l'album est ravissant. Je présente ma main à un chat qui boite et se plaque contre mes mollets pendant que je traverse la pièce.

La porte du balcon est béante et je vois les pieds de Mathilde se balancer dans un hamac bariolé. La ruelle est bruyante de bambins qui jouent au hockey et dansent à la corde. Les poteaux de téléphone tremblent dans la canicule. Nous parlons peu. Elle tangue dans la toile, couverte de sueur et d'huile de noix de coco. Je la regarde. Nous sourions. Ses prunelles brillent au-dessus de ses verres fumés.

Je commence par les orteils. Puis les talons. Tout va de soi. C'est limpide. La voie claire. Nous faisons l'amour tout l'après-midi, sur le balcon, puis toute la soirée, dans son grand lit écru, puis toute la nuit, au salon, sur la cuisinière, dehors encore, juste sous le lampadaire jaune qui bégaie en vrombissant. Au matin nous jouissons, elle glapit, je gémis, nous éclatons de rire. Je prends une douche parmi ses petits objets de jeune femme. Une photo racornie sur le mur, îles grecques, petits voiliers colorés. Un dessin d'enfant à la signature illisible. Je retourne près d'elle et nous nous endormons, lovés comme des reptiles, moi en elle, elle en moi. Le temps est annihilé.

XII

Et même si rien ne pourra les faire fuir
Nous serons des…
Juste une journée
Nous serons nous-mêmes
Juste une journée

Alors mes pros du cyclisme m'ont laissé tomber. Repartis à Montréal, en camion. Et moi, le minable, le traînard, pff, pff, pff, je continue. Seul. Les oiseaux se moquent de moi, les vaches aussi. Meeeuh. Solo. Pff. Pff. Pff. Mais je roule. Lentement, mais je roule. Pff. Pff. Lentement... Mais je monte, je descends, je remonte, je redescends. Je dévale à quarante kilomètres/heure. Mathilde. Ô, Mathilde. Juste à cet instant précis, je vois un minuscule objet volant incurver sa trajectoire en direction de ma tête. Noir et jaune. Argh!... Guêpe!... Floc! La petite boule m'éclate contre les dents. L'intérieur de ma bouche est éclaboussé de débris d'une amertume à peine imaginable. Je crache et je tousse jusqu'au bas de la vallée. Ensuite je serre les freins et je m'arrête sur le côté de la route. Je tente de me rincer la gueule avec le peu d'eau qui me reste. Le goût va me rester sur la langue toute la journée et toute la nuit.

XIII

Moi
Je me souviens
Nous nous tenions tout près du Mur
Et les gardes ont tiré au-dessus de nos têtes

Et nous nous sommes embrassés
comme dans un monde immuable
Et la honte était de l'autre côté

À Montréal, cet été-là, c'est ce disque, mais surtout cette chanson de Bowie. La troisième de la première face. J'arrive chez Mathilde vers la fin de la seconde face. Elle change le disque de côté. Nous écoutons les deux premiers morceaux en silence, puis elle se lève. Elle vient vers moi avec transparence et assurance, j'ai mal aux pommettes d'avoir tant souri, nous nous déshabillons.

Elle revient de chez Bob, son voyant extralucide. Paraîtrait que lorsque les esprits se mettent à tourner dans la pièce, les mobiles de verre qui pendent dans le salon s'emballent et tintinnabulent comme si la bourrasque s'engouffrait par les pores psychiques du magicien.

— J'arrive de voir Bob.

— C'est lui qui est censé voir.

— Euh.

— Uhm.

— Tu ris, mais... Y a un mois, il m'a annoncé ton arrivée.

— Ah bon?

— Ouain. Y m'a prévenue, « un grand gros genre viking va entrer dans ta vie » qu'y m'a dit. Après y m'a parlé de tes vies antérieures. T'es un ancien chevalier des croisades. Y m'a même dit ton nom. Je l'ai pris en note. T'es la réincarnation de... Y m'a dit ton nom.

— Chus même pas fort!... Y t'a dit mon nom?

— Bin... pas ton nom d'aujourd'hui.

— Malin.

— Ton nom des croisades.

— Ah bon?! C'est quoi, alors?

— Je l'ai noté quelque part, Titi-Totchy, un truc du genre.

— Quoi ?!... Mon nom des croisades ?...

— Oui, dans ta vie antérieure.

— Et t'étais quoi, toi, dans ma vie d'intérieur ?

— Ta maîtresse. Vie aaan-té-rieure.

— Uhm... Miam. Et pour ce qui est du postérieur ?

— Pareil.

— Génial.

— Tu m'écoutes-tu, ou bin ?

— ...

— Chus allée à la bibliothèque.

— Non ! Tu passes aux aveux !

— Chut-chut-chut.

— ...

— Je t'ai cherché. À la bibliothèque. Et je t'ai trouvé. C'était capotant. J'ai même pris des notes sur toi, tsé, sur ta vie... passée. Tiens, je te montre ça... T'étais dans les croisades avec Guillaume d'Orange. Juste déçue qu'y avait pas de dessin de ton visage... En tout cas, t'étais bin courageux.

— Ahum... Ça fait si longtemps. Mais... Je t'affirme n'avoir jamais désossé de musulmans. Ou alors j'ai oublié. Ou alors y sentaient pas bon.

— Attends... Écoute... Ça te ressemble tellement, en plus...

XIV

Oh, nous pouvons les vaincre,
pour l'éternité
Et nous deviendrions des...
Juste une journée

Ithier sent la pierre sous ses épaules et sous son fessier. La dalle lui plaît au moins autant que la coquille de fer poli de sa vieille armure, laissée en butin sur la plaine de Ramla. Il n'a aucune nostalgie de sa panoplie de saint meurtrier, de son écu d'argent au chef de gueules et au lion d'azur brochant. Vaincre. Perdre. Pourfendre. Périr. Il ferme les yeux et pense au Christ. Comme chaque fois, le miracle s'accomplit. Sérénité, bonheur, plénitude. Pourtant... Si... Cette nuit, il soulèvera la porte. Si... Il ira par les pays et royaumes... Il reverra Rotrude sa promise. Et il entendra aussi son chant. Bientôt. Quelques mois de route. Ce n'est pas tant qu'il fuit la torture. Il a subi bien des blessures depuis le commencement de cette absurde épopée. Mais l'idée d'offrir sa souffrance en spectacle, de voir tous ces gens se repaître de sa défaillance... C'est l'étincelle qui manquait à sa résolution. Se soustraire, oui. Se relever, en somme. Quand sommes-nous ? Quel mois ? Quel jour ? La récolte est-elle terminée ? Les champs se couvrent-ils d'or ou de frimas ? Les platanes peignent-ils leurs douces ombres sur le blanc des chemins tortueux ?

La tige de fer. La paille sous la porte, pour en amortir la chute. Il a déjà vu tout ça tant de fois, couché sur la froideur. Tout fonctionne à merveille. Il s'avance, nu-pieds. Le geôlier dort. Il ne se réveillera plus. Son cimeterre luit sous les torches, une fois, deux fois, trois fois. Sans bruit, presque. Ithier danse entre le temps et l'espace. Ses talons dans le sable, maintenant. Il court jusqu'au cœur du marché et se blottit sous un étal décoré de grandes toiles. L'animation gagne la place, les forains s'activent, puis bientôt les clients, les acheteurs, les badauds. Le petit comte se revêt d'un bout de toile salie qui cache son visage. En se traînant, recourbé, il a l'air d'un parfait clochard. Un gros homme lui jette même un bout d'azyme. Ithier, à qui on voulait arracher la vue ou crever les oreilles, sera mendiant muet jusqu'aux remparts de Constantinople.

XV

Nous ne sommes rien, et rien
ne peut nous venir en aide
Peut-être sommes-nous des menteurs
Dans ce cas, il vaudrait mieux que tu partes
Mais nous pourrions nous mettre à l'abri
Juste une journée

Dring.

Dring.

Les épinettes, les sapins, ça valse, ô Mathilde.

Dring.

J'y suis.

Dring.

J'ai poussé mon corps dans l'espace jusqu'à toi.
Dring.

Jour après jour.

— Allô?

— Oui allô…

— Allô?!

— Je suis bien au camp Canada Forestcorp?

— Moui…

— OK.

— Allô?!

— Bon… Je voudrais parler à la *cook*… J'appelle de Val… Interurbain…

— La *cook* ?

— Oui, oui, Mathilde… Mathilde Jolicœur.

— La grande ?

— Yep.

— La grande maigre ?

— Yep, yep.

— Munute…

— …

Je reste là, le dos appuyé à la façade près de la boîte téléphonique, face à mon vélo tout boueux chargé à fond, que je surveille comme si c'était ma fillette. Les minutes passent. Mes gants imbibés de sueur émettent un parfum délicieux. Je tortille le gros fil métallique du combiné qui s'enroule autour de mon cou, tire constamment pour échapper à ma poigne, se tord d'un côté puis de l'autre, jusqu'à ce que finalement...

— Eeeeh... ben ske j'pensais... Êê-pus icitte, la grande.

— Pardon?

— Partie y a deux semaines, alla crissé son camp ek un *foreman,* y nous ont mis dans marde.

— Quand? Repartie? À Montréal?

— Chais pas trop... Tsé, spa moé qui s'occupe de tsa, tsé.

— Mais...

— Ga mon homme, faut j'y aille, OK?!

Nous faucherons du temps...

— Ah, euh... Elle a pas laissé de message, non?!

— On a reçu une lettre depourelle, mais on a pas pu y donner. Alavait dja scrammé.

— Une lettre de Montréal?

— Ga mon homme, faut j'y aille comme que chte dis.

— Bon.

Juste une journée...

— Ga.

— Ej'ga.

— Ouain. Bebye, là.

— Merci.

Nous serions des... héros.

Clic.

LES AUTEURS

Né d'un père gaspésien et d'une mère américaine, **Deni Y. Béchard** a vécu au Québec, dans l'Ouest canadien et aux États-Unis. Son premier roman, *Vandal Love* ou *Perdus en Amérique* (Québec Amérique), lui a valu le Commonwealth Writers' Prize en 2007. Il a voyagé dans plus de trente pays, dont le Maroc, le Japon, Haïti, l'Irak, l'Inde et l'Afghanistan. Les héros de sa jeunesse étaient surtout des écrivains décédés tels que Faulkner et Steinbeck. Aujourd'hui, lorsqu'il voyage dans des pays tumultueux, il rencontre des individus dont l'endurance et la joie de vivre lui semblent héroïques.

Simon Boulerice est un touche-à-tout épanoui. Il écrit pour le théâtre, *Qu'est-ce qui reste de Marie-Stella?* (Dramaturges Éditeurs, 2008), il a publié un roman, *Les Jérémiades* (Sémaphore, 2009) et un recueil de poèmes (*Saigner des dents,* prix Alphonse-Piché 2009). Il est également comédien et metteur en scène. Mais ce qu'il fait le plus fréquemment, c'est danser dans sa cuisine sur du Radiohead ou sur les vieux succès de Whitney Houston, en prenant toujours bien soin de cacher Whitney sous un CD de Radiohead lorsqu'il reçoit des invités.

Le plus dur dans le fait d'avoir maintenant trente ans, se dit **Guillaume Corbeil**, c'est de se comparer avec ses héros d'enfance au même âge et de constater à quel point son existence est banale. Oui, bien sûr il a publié trois livres (*L'art de la fugue,* à l'instant même, en 2008, *Pleurer comme dans les films,* chez Leméac, en 2009, et *Brassard,* chez Libre Expression, en 2010) — il se le répète tous les soirs pour se convaincre qu'il a quand même fait quelque chose de sa vie —, mais jamais il ne gagnera la Coupe Stanley.

Eric Dupont est né en Gaspésie en 1970, un mois avant l'alunissage d'*Apollo 11.* Digne représentant de la génération fusée, il a vécu à Salzbourg, Berlin et Toronto avant de se poser à Montréal en 2003. Quand il était enfant, il a un jour demandé des cours de piano à ses parents qui, inquiétés par ces aspirations peu viriles, l'ont inscrit à la place dans une ligue de hockey mineur. Ni Mozart ni Gretzky, le jeune patineur mélomane devra se contenter de devenir écrivain. Eric Dupont a publié trois romans — *Voleurs de sucre*

(2004), *La logeuse* (2006), et *Bestiaire* (2008) — aux éditions Marchand de feuilles, et enseigne la traduction à l'Université McGill. Il espère un jour mourir de rire.

Stéphane Lafleur a grandi dans une municipalité qui n'existe plus. Il partage son temps entre le cinéma et la musique. Il a réalisé *Continental, un film sans fusil* et fait partie du groupe folk Avec pas d'casque. Il aimerait vivre deux vies simultanées, l'une impliquant des lasers crachés par les yeux. *Bobo* est sa première nouvelle.

Journaliste, commentateur culturel, éditeur, gestionnaire, initiateur chronique de projets, **Nicolas Langelier** est né dans l'est de Montréal en 1973. Il est l'auteur de *Réussir son hypermodernité et sauver le reste de sa vie en 25 étapes faciles* (Boréal, 2010) et de *Dix mille choses qui sont vraies,* tome I (Les 400 coups, 2008), en plus d'avoir dirigé l'ouvrage collectif *Quelque part au début du XXI*e *siècle* (La Pastèque, 2008). Adolescent, ses héros étaient surtout de jeunes musiciens anglais déprimés, ce qu'il ne recommande pas particulièrement.

Bertrand Laverdure aime bien qu'on l'appelle le poète, parce que ce n'est pas tout à fait faux. Il a publié plusieurs livres de poésie, dont *Rires* (Le Noroît,

2004) et *Sept et demi* (Le Quartanier, 2007). Mais c'est également un romancier qui ne veut pas écrire des romans ordinaires, voir *Gomme de xanthane* (Triptyque, 2006), *Lectodôme* (Le Quartanier, 2008), finaliste au Grand Prix littéraire Archambault 2010, et *J'invente la piscine* (La courte échelle, 2010). De plus, il adore participer à des lectures publiques et ne jamais lire dans la même position. En secret, il croit être le dramaturge de sa propre vie. Il aime d'ailleurs beaucoup les secrets : si vous le rencontrez, murmurez-lui le vôtre.

Depuis que son grand-père lui a raconté son action dans la Résistance et ses trente-neuf mois de captivité dans les camps de concentration allemands au début des années 1940, **Tristan Malavoy-Racine** se passionne pour l'histoire de la Deuxième Guerre mondiale. Rédacteur en chef de l'hebdomadaire *Voir,* auteur de poésie (*L'œil initial,* 2001, *Les chambres noires,* 2003 et *Cassé-Bleu,* 2006, chez Tryptique) et musicien, il s'intéresse en fait à la notion de liberté ainsi qu'à tout ce qui la met en péril.

Éric McComber a grandi à Montréal-Nord dans les années soixante. Musicien rock, blues, *et cætera,* jusqu'en 2002, année de la publication d'*Antarctique* (Triptyque), au Québec. Il publie ensuite une vingtaine de nouvelles tant au Québec qu'en France. Parution en 2007 de *Sans connaissance,* aux éditions Autrement. Il abandonne la vie sédentaire et l'Amérique l'automne suivant et parcourt désormais les routes de l'Europe en cyclonomade.

Joël Vaudreuil a toujours dessiné. Avant, c'était dans ses agendas d'école, où il dessinait des personnages dotés de pouvoirs inutiles et encombrants. Maintenant qu'il n'utilise plus d'agenda, ses dessins illustrent des affiches, des clips (Avec pas d'casque, Malajube, Tricot Machine, et autres), des petits films, des zines et, pour la première fois, un livre. Il ne sait pas comment voler dans le ciel, mais il est capable de plier une fourchette.

TABLE DES MATIÈRES

Les éditions de la courte échelle inc.
160, rue Saint-Viateur Est
Bureau 404
Montréal (Québec) H2T 1A8
www.courteechelle.com

Révision: Hélène Ricard
Illustrations: Joël Vaudreuil

Dépôt légal, 1er trimestre 2011
Bibliothèque nationale du Québec

La courte échelle reconnaît l'aide financière du gouvernement du Canada par l'entremise du Fonds du livre du Canada pour ses activités d'édition. La courte échelle est aussi inscrite au programme de subvention globale du Conseil des Arts du Canada et reçoit l'appui du gouvernement du Québec par l'intermédiaire de la SODEC.

La courte échelle bénéficie également du Programme de crédit d'impôt pour l'édition de livres — Gestion SODEC — du gouvernement du Québec.

Dans la nouvelle *522 km,* la chanson *Heroes* de David Bowie a été librement traduite par l'auteur.

Catalogage avant publication de Bibliothèque et Archives nationales du Québec et Bibliothèque et Archives Canada

Vedette principale au titre:

Être un héros; des histoires de gars

Pour les jeunes de 13 ans et plus.

ISBN 978-2-89651-465-6

1. Héros — Romans, nouvelles, etc. pour la jeunesse. 2. Nouvelles québécoises. 3. Roman québécois — XXIe siècle. I. Béchard, Deni Y. (Deni Yvan). II. Vaudreuil, Joël.

PS8323.H47E87 2011 jC843'.010806 C2010-942311-9
PS9323.H47E87 2011

Imprimé au Canada